Luo Ying

DIE NEUNTE NACHT

Luo Ying

DIE NEUNTE NACHT

Aus dem Chinesischen von
Michael Kahn-Ackermann

Mit 18 Illustrationen von
Tobias Zaft

O

Georg Olms Verlag
Hildesheim · Zürich · New York
2020

Die chinesische Originalausgabe erschien 2011 unter dem Titel
»Ninth Night«, Taipei: Eryu Culture Publishing Co.

Aus dem Chinesischen ins Deutsche übertragen
von Michael Kahn-Ackermann

Redaktion: Beate Bücheleres-Rieppel

Das Werk ist urheberrechtlich geschützt.
Jede Verwertung außerhalb der engen Grenzen des Urheberrechtsgesetzes ist
ohne Zustimmung des Verlages unzulässig.
Das gilt insbesondere für Vervielfältigungen, Übersetzungen,
Mikroverfilmungen und die Einspeicherung und Verarbeitung in
elektronischen Systemen.

Bibliografische Information der Deutschen Nationalbibliothek
Die Deutsche Nationalbibliothek verzeichnet diese Publikation in der
Deutschen Nationalbibliografie; detaillierte bibliografische Daten sind im
Internet über http://dnb.d-nb.de abrufbar.

© für die deutsche Ausgabe Georg Olms Verlag AG, Hildesheim 2020
www.olms.de
Gedruckt auf säurefreiem und alterungsbeständigem Papier
Illustration, Einbandgestaltung, Satz und Layout:
Studio Tobias Zaft, 25767 Tensbüttel-Röst
Druck: Kösel GmbH & Co. KG, Altusried-Krugzell
Printed in Germany
ISBN 978-3-487-08625-5

DIE NEUNTE NACHT
Inhaltsverzeichnis

I Das Kapitel vom Pferd

Die sexuellen Erfahrungen und moralischen Skrupel eines Pferdes

Vor Einbruch der Nacht 9

Erste Nacht: Der Kummer des Pferdes 13
Zweite Nacht: Die Entführung des Pferdes 23
Dritte Nacht: Die Zauberstadt des Pferdes 30
Vierte Nacht: Die Fantasien des Pferdes 37
Fünfte Nacht: Die Einsamkeit des Pferdes 43
Sechste Nacht: Die Flucht des Pferdes 50
Siebte Nacht: Das wüste Land des Pferdes 59
Achte Nacht: Die heimlichen Affären des Pferdes 65
Neunte Nacht: Der Tod des Pferdes 73

Nachklang 81

II Das Kapitel von der Katze

**Chronik der Hochzeitsnacht der Katze
und ihres Todes**

Vor Einbruch der Nacht 89

Erste Nacht: Die Tränen der Katze 95
Zweite Nacht: Die Koketterie der Katze 101
Dritte Nacht: Der Kuss der Katze 109
Vierte Nacht: Die Gefühle der Katze 115
Fünfte Nacht: Der Kampf der Katze 123
Sechste Nacht: Die Bosheit der Katze 128
Siebte Nacht: Die Katze der Katze 134
Achte Nacht: Die Katze der Katze 141
Neunte Nacht: Der Tod der Katze 148

Ausklang 153

Nachwort 156

I. Das Kapitel vom Pferd

**Die sexuellen Erfahrungen
und moralischen Skrupel eines Pferdes**

DIE NEUNTE NACHT
Das Kapitel vom Pferd

Vor Einbruch der Nacht

*E*ndlich muss ich es eingestehen: In Wahrheit bin ich die Mutation bzw. Deformation eines Pferdes. Angelangt in den glänzenden Zeiten des 21. Jahrhunderts verwandle ich mich plötzlich in eine frei herumschwirrende Gattung der Hölle

An der Spitze des Zeitalters der globalisierten materiellen Begierden bin ich genötigt, mithilfe eines Zeitraums und der Methode von neun Nächten über meine sexuellen Erfahrungen und die daraus erwachsenen moralischen Nöte Rechenschaft abzulegen

So besitzt etwa meine unersättliche Gier das Wesen und die Bösartigkeit eines Tieres, meine sexuellen Begierden und Praktiken erreichen ein Niveau der Schamlosigkeit, das vor nichts zurückschreckt

So begräbt mein Sexualtrieb Spuren von Zivilisation unter sich, so weit, dass die Sprache versagt, die Akte des Geschlechtsverkehrs im Zeitalter eines von Hochhäusern zugepflasterten Globusses in Worte zu fassen

Ich bin von der Stufe des Ränkeschmiedens in den Zustand der Verkommenheit, mit anderen Worten, des Fehlens jeglicher höheren Regung gelangt

Es ist mir egal, wie ihr darüber denkt, ich spüre keinerlei Wunsch mehr, mit irgendeiner Gattung, die Menschliche eingeschlossen, zu kommunizieren

Ich muss in aller Deutlichkeit erklären, dass ich aus eigenem Antrieb die Gene eines Menschen der Moderne bzw. seine Zivilisation aufgegeben bzw. von mir geworfen habe

Am Beginn der Verkommenheit stand die Angst und das Ausweichen vor dem Gewicht des Anstands, daher mühte ich mich nach Kräften, alle Skrupel über Bord zu werfen, um mich so rasch wie möglich von der Last und dem Einfluss höherer Regungen zu befreien

DIE NEUNTE NACHT
Das Kapitel vom Pferd

Die Freuden des Weges in die Verkommenheit entsprechen denen eines Menschen, der sich beim morgendlichen Blick in den Spiegel beschimpft und doch weder das Herz noch den Mut aufbringt, den Spiegel zu zertrümmern.

Im Sexualtrieb liegen Ausgangspunkt und Genese der Degeneration, er genügt, eine menschliche Rasse, z. B. mich, auf einen Schlag bedeutungslos, um nicht zu sagen inexistent zu machen

Erst die Mutation und Deformation des Pferdes erlaubt es, mit dem 21. Jahrhundert eine Vereinbarung über das Entstehen und die Optimierung sexueller Begierden zu schließen und sie im Anschluss daran zu ordern

Und so genieße ich, da ich nicht mehr ich selbst bin, ohne Bedenken die Freuden und Orgasmen des Sexualtriebes und bin erfüllt von Erregung und unendlichem Stolz

Daher kann und will ich sämtliche Rechte und die Selbstachtung eines menschlichen Wesens opfern, um dafür den nächsten Grad paradiesischer Trunkenheit und fleischlicher Lust zu erreichen

Niemandem ist es gestattet, sich deshalb über mich lustig zu machen oder mich zu verachten, es handelt sich um den Höhenflug eines Denkers, den die Kategorien der Philosophie oder des Post-Modernismus begrifflich nicht mehr erfassen können

So wie nachdem man sämtliche Schleusen und Ventile zwischen den Sprachen geöffnet hat, sich Anstand und Niedertracht gleich den Lotuswurzeln im Teich ineinander verschlingen

So gesehen ist Zügellosigkeit das Rangabzeichen bzw. der absolute Maßstab für den in der Zivilisation bzw. in Anstand und Niedertracht verborgenen höchsten Grad von Zivilisation bzw. von höchstem Anstand und tiefster Niedertracht

Ich kann bezeugen, dass im Moment, wo sich die Stapel der Goldmünzen schließlich ins Besitz-Ergreifen und ins Besitz-Genommen-Werden, ins Kaufen und Gekauft-Werden, ins

DIE NEUNTE NACHT
Das Kapitel vom Pferd

Transferieren oder Transferiert-Werden, ins Orgasmieren oder Orgasmiert-Werden des Geschlechtsverkehrs verwandeln, sei es auf Betten oder in Massagesalons, meine Gier und Niedertracht nicht mehr allzu sehr als Gier und Niedertracht erscheinen

Bedeutet das etwa, dass man sie im Namen der Zivilisation als spirituelle Handlungen der Gattung im Zeitalter der Modernisierung interpretieren kann, um der Zügellosigkeit von Männlein und Weiblein im Namen der Suche nach dem Paradies einen Weg in den Himmel zu bahnen?

Oder sie im Namen der Philosophie als eine Form der Sublimierung der Gattung im Zeitalter der Modernisierung interpretieren kann, um durch Vervollkommnung des Begriffs und der Definition des Menschen Männlein und Weiblein unter dem Vorwand der Rebellion gegen das Althergebrachte den Genuss zu erleichtern?

Oder sie im Namen der Volkswirtschaftslehre als Existenzregel der Gattung im Zeitalter der Modernisierung interpretieren kann, um Männlein und Weiblein als Ausdruck der Lebenskraft von Marktwirtschaft unter dem Aspekt der Prosperität zu benutzen?

Oder sie im Namen der Soziologie als Phänomene des öffentlichen Territoriums der modernisierten Gattung interpretieren kann, um durch den Glanz des Reichtums zu demonstrieren, dass sich die Gattung durch kollektive Degeneration in einen höheren Daseins-Zustand transformiert?

Mithilfe der hier beschriebenen Kristallisationen und Abstrusitäten kann Verkommenheit als Nachsicht mit sich selbst angesehen werden, was auf andere Menschen bzw. Pferde vor der Mutation und Deformation erweitert werden kann, und damit zur Nachsicht und Toleranz gegenüber allen beteiligten Gattungen

Daher senke dich herab, du lange Nacht, ich werde deine Schwärze und Fleischlichkeit durchdringen, ich werde die schamlose Reise der Mutation und Deformation eines Pferdes vollenden

Hier genügt der Wärmegrad einer Tasse Kaffee als Reagenz für den Grad der Überflutung durch Sexual-, Sinnen- und Fleischeslust, um

meine verschiedenen während neun Nächten klagend vorgebrachten
Nöte und Schmerzen zu bewerten

    Egal, ob mir jemand zuhört
    Vielleicht bist du ja tatsächlich aufrecht und integer, ein echter Gentleman, so einer wie Kinsey[1] oder Yan Hui[2]
    Völlig egal, von mir aus kann es ein Baum, ein Pferd, ein Mensch, eine Katze, ein Stück Lammfleisch sein, völlig egal
    Entscheidend ist nur, dass du in der neunten Nacht jener tödliche Vollstrecker, der Mörder sein könntest.

                                            18.12.2007, 04:15
                                                  Beijing, Bishui

---

1. *Alfred Charles Kinsey, (1894-1956), US-amerikanischer Mitbegründer der Sexualwissenschaften, Mitautor von „Sexual Behavior in the Human Male" (1948) und „Sexual Behavior in the Human Female" (1953).*

2. *YAN Hui:* （颜回，*521 a.D. — 491a.D.*）,　*Lieblingsschüler des Konfuzius.*

DIE NEUNTE NACHT
Das Kapitel vom Pferd

Erste Nacht
DER KUMMER DES PFERDES

Nach vollzogener Mutation bzw. Deformation entfesseln sich meine nackte Gier und Schamlosigkeit gewöhnlich wie die einer sexuell stimulierten Nymphomanin
Daher lassen sich der erzielte Gewinn und das Gefühl der Befreiung mit Worten nicht wiedergeben

So kann ich zum Beispiel nach Herzenslust ohne jede Verantwortung und ohne Furcht ins tiefste Innere einer Epoche blicken
Und die auf diese Weise mir zur Kenntnis gelangten Geheimnisse und Skandale ungescheut mit fremden Kreaturen in allen denkbaren Nuancen teilen
Ich bin entschlossen, in der ersten Nacht direkt den tiefsten Grad der Verkommenheit zu erreichen, direkt in die schlimmsten, gefährlichsten und nutzlosesten Gene einer Epoche zu mutieren und zu deformieren

An dieser Stelle bitte ich dich, wer immer du sein magst, eine Tasse nicht mit Aphrodisiaka versetzten Kaffees zu erheben, um zu beweisen, dass du keiner von meiner Sorte bist und es nie sein wirst, keine Mutation und Deformation eines Pferdes, wie ich es bin
Anschließend wird mich Kummer erfassen, da ich als Erster

die geheimen Passagen des 21. Jahrhunderts durchschritten habe und dadurch bedeutungs- und eigenschaftslos geworden bin

Siehst du, in dem Augenblick, da du oder dein Schatten die Tasse mit dem bestimmt nicht mit Aphrodisiaka versetzten Kaffee an die Lippen führst, habe ich dich und deinen Schatten bereits gründlich genotzüchtigt und wurde von dir und deinem Schatten genotzüchtigt

Denn was du nicht weißt: Im Sinne der Mutation und Deformation eines Pferdes sind Notzüchtiger und Genotzüchtigte allgegenwärtig

Zum Beispiel:
Kann man einen Baum notzüchtigen oder davon genotzüchtigt werden?
Kann man eine Philosophie notzüchtigen oder davon genotzüchtigt werden?
Kann man ein Gedicht notzüchtigen oder davon genotzüchtigt werden?
Kann man einen Slogan notzüchtigen oder davon genotzüchtigt werden?
Kann man Mondstrahlen notzüchtigen oder davon genotzüchtigt werden?
Kann man den Orgasmus einer Nacht notzüchtigen oder davon genotzüchtigt werden?
Kann man einen Hundert-Yuan-Schein notzüchtigen oder davon genotzüchtigt werden?
Kann man ein Glas Schnaps notzüchtigen oder davon genotzüchtigt werden?
Kann man eine Missachtung notzüchtigen oder davon genotzüchtigt werden?
Kann man einen Tod notzüchtigen oder davon genotzüchtigt werden?
Kann man eine Epoche notzüchtigen oder davon genotzüchtigt werden?
Kann man die Notzüchtigungen eines Lebens notzüchtigen oder davon genotzüchtigt werden?

DIE NEUNTE NACHT
Das Kapitel vom Pferd

Natürlich kann man auch den Duft von Starbucks-Kaffee notzüchtigen oder davon genotzüchtigt werden

Ich muss klarstellen: Dass wir daraus nicht auf die Prosperität eines Zeitalters schließen dürfen, hat seinen Ursprung im hier beschriebenen Prozess der Notzüchtigung und des Genotzüchtigt-Werdens
Wie ich ebenso klarstellen muss, dass du bei der Betrachtung und Beurteilung der Objekte, Prozeduren, Abläufe, Zeiten und Orte meiner Begattungen den Grad meiner Verstellung in Rechnung stellen musst, um zu einer korrekten Einordnung meiner Stellung innerhalb einer bestimmten Zeit, genauer gesagt, im 21. Jahrhundert zu gelangen

Hörer, Leser und Notzüchtiger, ihr seid gebeten, mit eurer geschätzten Geduld und Neugierde meine schwer aussprechbaren persönlichen Erfolgsrezepte zu teilen
Möglicherweise begreift ihr dadurch das perfekte Mittel, um zu erreichen, dass eine Gattung und eine ganze Population unter Vermeidung von Impotenz und ohne Einnahme von Viagra gleichzeitig in höchste Erregung und Geilheit verfällt

Das Problem ist, dass ich im Kummer dieser Nacht, in der allgemein gesteigerten Sinnenlust dieser Nacht, in den Zustand einer den Blick nach unten gerichteten und doch gezwungenermaßen nach oben gerichteten Sinnenlust versetzt werde

Mir ist bewusst, dass durch meine bereits vollzogene Verwandlung in die Mutation und Deformation eines Pferdes die Bestätigung und Durchnummerierung meiner Klassenposition geklärt ist
Doch werde ich wegen meiner durch gesteigerte Sinnenlust angetriebenen aufwärts gerichteten grenzüberschreitenden Handlungen und Auffassungen als Zerstörer der Epochenordnung gebrandmarkt und sehe mich daher dem Verdruss der Isolierung und Kastration durch das Jahrhundert ausgesetzt.
Das ist Ursache und Vorwand meines Kummers, zugleich Ursache und Vorwand meiner Zurückweisung nach Vollzug jeglicher Art von Liebe und In-Besitz-genommen-Werdens

DIE NEUNTE NACHT
Das Kapitel vom Pferd

Man stelle sich vor, in einer blühenden und leidenschaftlichen Epoche werden die Grenzüberschreitungen erfordernde Mutation und Deformation eines Pferdes zur Eliminierung verurteilt, noch bevor es von den verbotenen Früchten naschen konnte, wie eine sorgfältig ausgewählte, des Rechtes auf Schwängerung beraubte Mehrzahl von Spermien

Das Ergebnis davon ist, dass ich gezwungen bin, an der Peripherie einer höheren Stufe der Sehnsucht herumzuwandern, so wie in dieser Nacht, wo ich nie weiß, wie ich zu meinen seit Langem ersehnten und geplanten aufpeitschenden und den immer gleichen Geschlechtsakt vollziehenden Aktionen des Besitz-Ergreifens und Besitz-Ergriffen-Werdens, des Genießens und Genossen-Werdens aufbrechen soll

Angesicht dieser Situation bin ich mir völlig im Klaren darüber, wie degeneriert ich bin

Und im Gefolge der Ausweitung meiner Fähigkeit und meines Rechtes auf Besitzergreifung meine Degeneration immer weiter zunehmen wird

Wirklich an die Nieren geht mir, dass ich bei Betrachtung meiner Niedertracht und Gemeinheit plötzlich entdecke, dass ich in Wahrheit schon bevor ich zur Mutation und Deformation eines Pferdes wurde, vom Jahrhundert und der Epoche zutiefst verunreinigt worden bin und genetische Mängel und allerlei bösartige Defekte aufweise

So bin ich zum Beispiel außerstande, meine Gier und meine Jagd nach Reichtum im Zaum zu halten, ich weiß, dass ich in einem Zeitalter globalisierten Reichtums keinesfalls zu den Habenichtsen gehören kann

Na und? Erst heute Nacht kann ich dir bzw. euch allen offen ins Gesicht sagen:
Als Angehöriger der untersten Schichten wirst du grundsätzlich ideell missachtet oder schlicht ausgelöscht

Was du daran erkennst, dass du grundsätzlich keine Chance hast, zum Spiel der Besitzergreifung und des Besitz-Ergriffen-Werdens zugelassen zu werden
      Nicht einmal als Zuschauer

      So wie ich früher als Mensch zur Unterschicht gehörte und von der Gesellschaft und der übrigen Menschheit leichterhand an die Peripherie der Spezies und Geschöpfe verwiesen wurde

      Schmerz und Kummer der in Hoffnungslosigkeit verharrenden selbstquälerischen Sinnenlust sind mit Worten nicht auszudrücken

      Du bzw. ihr, genauer gesagt, du bzw. ihr, die ihr keine Mutation und Deformation eines Pferdes seid, könnt euch angesichts eines neuen Zeitalters in Sicherheit wiegen

      Weil du bzw. ihr, verglichen mit mir als Mutation und Deformation eines Pferdes, vorzeitig und reibungslos den Prozess der Verkommenheit auf unterstem Niveau hinter euch gebracht habt

      Du bzw. ihr habt bereits das 21. Jahrhundert in Besitz genommen und habt teil an seinem Glanz

      Du bzw. ihr habt bereits die globalisierte Besitzergreifung und das Besitz-Ergriffen-Werden, das Genießen und Genossen-Werden erreicht

      Du bzw. ihr könnt bereits nicht mehr angeklagt und eliminiert werden, weil du bzw. ihr die privilegierten Positionen der Ankläger und Eliminierer einnehmt

      Wie beim Handel mit CO2-Zertifikaten und dessen Regeln bist du bzw. seid ihr schon im Besitz des verbrieften Rechts auf den Handel mit Sinnenlust bzw. Geschlechtslust und dessen Regeln
      Ist es unter diesen Umständen ein Wunder, dass wir in dieser Nacht vom trüben Licht des Zweifels und des Kummers erfasst sind?
      Denkt dran, ich bin nun mal die Mutation und Deformation eines Pferdes

DIE NEUNTE NACHT
Das Kapitel vom Pferd

Denkt dran, ich bin grundsätzlich unfähig, einem Zeitalter und einer Gattung mit eindeutigen Regeln zu widerstehen

Denkt dran, ich habe nicht die geringste Absicht, mich einem Zeitalter und einer Gattung mit eindeutigen Regeln zu widersetzen

Denkt dran, keiner wünscht, ohne Umstände und brutal eliminiert und aus der sinnlichen und sexuellen Besitzergreifung und dem Besitz-Ergriffen-Werden, dem Genießen und Genossen-Werden eines blühenden Zeitalters ausgestoßen zu werden

Ach Pferd, nach vollzogener Mutation bzw. Deformation hast du in Wahrheit die Fähigkeit verloren, in die Reihen einer anständigen, geschmackvollen, selbstachtenden und aufrichtigen Gattung zurückzukehren

Also, was das Zeitalter und die Globalisierung, was die Gattung und Sinnenlust angeht, gehöre ich bzw. wir zu den Elementen, die ignoriert bzw. eliminiert werden können

Es besteht keine Hoffnung, dass sich die Gene eines Zeitalters plötzlich verändern, anders ausgedrückt, dass sich die sinnliche Färbung eines Zeitalters strukturell in ihr Gegenteil verkehrt, was bedeutet, dass man als Mutation und Deformation eines Pferdes die Bedeutung zunehmender Verkommenheit eines Zeitalters bzw. einer Schicht und einer Gattung begreifen und sich daran anpassen muss

Zum Beispiel: In dieser Nacht mit einer in die Tiefe und ins Innere gehenden Überprüfung der Sinnen- bzw. Sexuallust beginnen

Einerseits das Ausmaß der eigenen Niedertracht und Gemeinheit prüfen, um die komplexen Ursachen einer Epoche der Globalisierung deutlich zu machen

Andererseits die vorläufig in der tiefsten Schicht einer blühenden Epoche verborgene Mission erfüllen, nämlich den Prozess der pathologischen Veränderung eines Zeitalters der Globalisierung aufzeigen

Daher erlaubt mir, dir bzw. euch, meine hoch geschätzten und verehrten Betrachter und Schiedsrichter, untertänigst einen Handkuss zuzuwerfen

Meine Nacht – zumindest – gehört mir

Denn ich bzw. wir verstehen tiefer und klarer, wie man in einer Welt der Schlechtigkeit, Hässlichkeit, Niedertracht, Gemeinheit, Falschheit, Gier, Verstellung und Bösartigkeit voranschreitet und sich daran anpasst

Man muss darauf hinweisen, dass es sich dabei um einen Prozess des Fortschritts der Spezies rückwärts, bzw. abwärts, bzw. innerwärts handelt, um ein Phänomen des dem Dschungelgesetz folgenden sogenannten Neuen Dschungelgesetzes bzw. des dem Post-Dschungelgesetz folgenden Post-Neuen-Dschungelgesetzes

Schluss damit, kehren wir zum Ausgangsthema zurück, nämlich zur Mutation bzw. Deformation eines Pferdes, zu meinen sinnlichen bzw. sexuellen Vorhaben der ersten Nacht, bzw. zu den Umständen ihrer Befriedigung

Ich gestehe offen, dass ich, da ich die Maßstäbe von Moral und Anstand sowie Selbstachtung und Vernunft von mir gestreift habe, natürlich über Objekte und Mitverschworene meiner Sinnen- und Sexuallust verfüge

Unser Austausch findet ohne irgendwelche erforderlichen Schutzmaßnahmen auf dem niedrigsten moralischen Niveau statt, daher gleichen unsere hemmungslosen Lustschreie und Rasereien den Symptomen einer Gattung am Vorabend ihres Untergangs

So werde ich bzw. werden wir zum Beispiel auf keinen Fall den Geschlechtsverkehr und das Fortpflanzungsverhalten zweier Bäume beobachten und nachnahmen

Vor allem benötigen und preisen ich und wir die post-materielle Fleischeslust und verachten und verwerfen die sogenannte Geistigkeit, Zivilisation, Kultur, Moral, und sogar die Liebe

Einfach gesagt, ich bzw. wir kennen das neueste Geheimnis

DIE NEUNTE NACHT
Das Kapitel vom Pferd

eines Zeitalters, nämlich dass Geld und Macht nach Belieben durch Geschlechtsverkehr zu Waren des sinnlichen bzw. sexuellen Besitzergreifens und Besitz-Ergriffen-Werdens, Genießens und Genossen-Werdens auf der niedrigsten Stufe der Gattung werden

Das ist meine Nacht, die erste Nacht der Mutation und Deformation eines Pferdes, schamlos, schrankenlos, skrupellos, amoralisch

Verehrtes Du bzw. verehrte Ihr, rümpft bitte über meine Unverbesserlichkeit nicht die Nase

Mehr als irgendeine andere Gattung, gleichgültig ob Ich, Wir, Du oder Ihr, alle sehnen sich danach, in ein neues Jahrhundert, ein neues Zeitalter zu gelangen!

Ich habe es satt, nichts als die Mutation und Deformation eines Pferdes zu sein, und damit nichts als ein Objekt der Beobachtung einer Gattung oberhalb der Mittelklasse eines Zeitalters, um die quälenden bzw. selbstquälerischen Regeln sinnlicher bzw. sexueller Spiele hinter mich zu bringen

Das alles hat in Wahrheit mit dem Wir außerhalb des Ich bzw. mit dem das Du einschließenden Ihr nicht das Geringste zu tun.

Mein eigenes Empfinden und Wollen sind pathologische bzw. krankhafte Erscheinungen einer Gattung, nicht einmal geschieden nach den fünf Kontinenten

Mein größtes und philosophischstes Ziel ist es, zum Muster einer pathologischen Veränderung und Deformation zu werden, und damit im Sinne ewiger Existenz die Phänomene Foucault und Sartre zu übertreffen
    oder die Phänomene Heidegger und Friedrich Hayek[3]
    oder die Phänomene T.S. Eliot und Allen Ginzberg
    oder die Phänomene Bush und Chen Shui-bian[4]
    oder die Phänomene Hamlet und Richard Wagner

Oder die Phänomene Ödipus und Kerouac

Oh Tod, du tief verehrte Erscheinung dieser ersten Nacht

Oh Kummer, du hysterischer Lustschrei der ersten Nacht

Verehrtes Du bzw. verehrte Ihr, bitte erhebt den Eure Sinnen- und Sexuallust stimulierenden Kaffee, und erfüllt, nachdem Ihr davon gekostet habt, den Traum vom Geschlechtsverkehr einer Epoche, um in der zweiten, meiner bzw. unserer, also der Mutation und Deformation eines Pferdes ersten Nacht folgenden Nacht, noch tiefer in die Betrachtung und in die Szenen der Verkommenheit einzudringen

26.12.2007, 06:42
Los Angeles, Newport Beach

---

3. 1899 – 1992, österreichisch-britischer liberalistischer Wirtschaftstheoretiker, Nobelpreisträger 1974.

*4. *1950, 2000 – 2008 Präsident der Republik China (Taiwan), Vertreter der Demokratischen Fortschrittspartei (DPP), beendete die über fünfzigjährige Herrschaft der Kuomintang, 2009 wegen Korruption zu 19 Jahren Haft verurteilt, 2015 begnadigt.*

Zweite Nacht
DIE ENTFÜHRUNG DES PFERDES

*L*eute, schaut nur, was ihr angestellt habt?!

Liebe Freunde, bzw. du bzw. ihr, ich muss in meiner Funktion und Position als Mutation und Deformation eines Pferdes eine Frage loswerden, bevor die ersten Sonnenstrahlen meine Kabine streifen
Ich behaupte nicht, dass ich ein Musterbeispiel von Moral bin, daher bin ich befugt, eine dem Jahrhundert, dem Zeitalter, der Globalisierung angemessene Frage nach Tugend und Anstand zu stellen

Tatsächlich drängt es mich nur, Zweifel am Gattungs-Arrangement eines Zeitalters zu äußern, bevor die ersten Sonnenstrahlen mich bzw. uns, dich bzw. euch ehrbar und unschuldig aussehen lassen

Zum Beispiel: Nachdem ich endlich erfahren habe, dass ich bzw. wir, du bzw. ihr euch unwiderstehlich bemüht, noch höhere, klobigere, wollüstigere und bösartigere Wolkenkratzer zu errichten, bin ich gezwungen, fest daran zu glauben, dass
Sämtliche Jungfrauen der ganzen Welt, bzw. der gesamten Gattung eines Zeitalters mit Sicherheit im Verlauf einer Nacht sterben werden

DIE NEUNTE NACHT
Das Kapitel vom Pferd

Die Folge daraus wird sein, dass mir als Mutation und Deformation eines Pferdes die schmutzige Mission eines Zeitalters anvertraut wird:
Nach Anbruch der Dunkelheit auf der niedrigsten Stufe der Verkommenheit die erste im Zeitalter auftauchende Silhouette einer Jungfrau ausfindig zu machen und zu entführen

Obgleich ich weiß, dass ich lediglich als Werkzeug und Organ der Verkommenheit eines Zeitalters diene
Bin ich dennoch freiwillig bereit, zum Gen des hochgereckten Penis einer Gattung zu werden, jederzeit bereit zu erigieren

Alles, was nach Aufgang der Sonne geschieht, interessiert mich nicht
Das sind deine bzw. eure sogenannten transkulturellen Phänomene und Arrangements
Die keinerlei Veränderungen deiner bzw. eurer Merkmale und Gene bewirken
Man könnte sagen, ich als Mutation und Deformation eines Pferdes bin mit hoher Wahrscheinlichkeit in der Lage, zu einem Teilstück der Stammzellen der Kehrseite deines bzw. eures Anstands und eurer Respektabilität zu werden, das den tödlichen Moment eurer Pathogenese festlegt
Das bedeutet, ich habe den Wunsch und das Recht, in der Haltung eines erigierten Penis sämtliche Schichten der Epochenmerkmale nach oben zu durchstoßen und alle Fragen an die Dus und Euchs zu richten, an die sie gerichtet werden müssen

Das ist eine Tasse eiskalten Kaffees, eine durch nichts mehr zu steigernde Atmosphäre

Daher, meine Lieben, habe ich beschlossen, eine echte Entführung durchzuführen, die als Testfall für die Niedertracht eines Zeitalters dienen soll

Zunächst muss ich den Impuls bezähmen, meine Bekenntnisse in die sämtliche junge Mädchen betörenden Verszeilen nach Art Tagores[5] zu kleiden

Anschließend muss ich untersuchen, wie innerhalb eines Zeitalters die Jungfrauen einer Gattung auf einen Schlag kollektiv ihre Jungfräulichkeit verloren haben

Wer trägt die Verantwortung für die Niedertracht eines Zeitalters
Ich oder wir, du oder ihr?
Oder etwa die männlichen Geschlechtsorgane der gesamten Gattung?
Oder etwa die männlichen und weiblichen Geschlechtsorgane eines Zeitalters?

Stellen wir uns vor:
Eine lange Nacht umfängt uns, das Sonnenlicht ist gestorben
Mit einem das Jahrhundert bzw. das Zeitalter durchdringenden Penis schlage ich den Bronzegong der Wachpatrouille, um die Vermisstenliste der Gattung anzuzeigen:
Kommt herbei, ihr Leute, die ihr an Jungfräulichkeit und Reinheit festhaltet, und springt mit mir bzw. uns in die moralischen Abgründe
Denn welchen Sinn hat mein bzw. unser Festhalten in einer Epoche völliger Verkommenheit
Welchen Wert hat dein bzw. euer Anstand angesichts einer Gattung, die alles aufgegeben hat
Darin liegt der tödliche Kern einer Entführung, hierin liegt das Ärgernis einer Entführung, die dem Verbot, sich einem Jahrhundert zu widersetzen, zuwiderläuft
Nachdem ich oder wir, du oder ihr vor dem Hintergrund der Nacht in Form von Abbildern von Jungfrauen oder Nicht-Jungfrauen geschlechtlich verschmelzen, ist meine Entführung bereits erfolgreich vollzogen

Natürlich darf die Beschreibung des betörenden Elements jener zärtlichen, rosigen, schneeigen, festen Brüste nicht fehlen

Diese tödliche mütterliche, kleinkindliche, nirvanahafte Verführung dient zunächst dazu, mich bzw. uns, dich bzw. euch einem Zeitalter bzw. einer Gattung gefügig zu machen, sodass ich bzw. wir, du bzw. ihr es im nächsten Schritt vorziehen werden, mit einem Zeitalter bzw. einer Gattung gemeinsam zugrunde zu gehen und so mit ihr zu brechen

Davon abgesehen muss ich gestehen, einer langhaarigen Sirene bzw. einem blonden Entzücken verfallen zu sein

Mir ist klar, dass ich bzw. wir, du bzw. ihr als Entartete bzw. Bastarde eines Zeitalters und einer Gattung zwangsläufig über inzestuöse und bastardisierte Charaktere und Gemüter verfügen

Auf diese Weise können ich bzw. wir, du bzw. ihr, während sich eine neue Entführung vollzieht, als Beobachter Toleranz üben und sexuelle Fantasien entfalten

Sagen wir es direkt, ich bzw. wir, du bzw. ihr können deshalb jederzeit durch Beschimpfung mit der Frage „Wer bin ich denn?" brutale Impulse und Grausamkeit verdecken

Was von einem Zeitalter bzw. einer Gattung gefühllos in der Tiefe begraben ist, wird gleichgültig gegen Scham und Selbstachtung

Zum Beispiel, während ich bzw. wir, du bzw. ihr mal eben in der Dunkelheit einer Kohlemine durch Erstickung ausgelöscht bzw. vernichtet werden, können ich bzw. wir, du bzw. ihr die Gestehungskosten der Verkommenheit eines globalisierten Zeitalters und einer Gattung mit dem Instrumentarium der Wirtschaftswissenschaften bis ins Detail erläutern

Schließlich geht es doch um nur die Mutation und Deformation eines Pferdes, dessen Charakter hinsichtlich Fleisches-, Sinnen- und Sexuallust längst restlos bloßliegt

Zunächst einmal wurde ich bzw. wir, du bzw. ihr innerhalb eines Zeitalters und einer Gattung nach Art von Gefahr und Begierde[6] entführt

Ich bin absolut damit einverstanden, dann für mich bzw. uns, dich bzw. euch sämtliche Jungfrauen innerhalb eines Zeitalters und einer Gattung in Form des Besitz-Ergreifens und Besitz-Ergriffen-Werdens, des Genießens und Genossen-Werdens, zu entführen

Ich muss klarstellen: Die Nacht der Entführung ist keineswegs die Nacht der Verletzung, ich bin keineswegs verrückt nach diesen rosaroten Flecken

Das Kapitel vom Pferd

Ich bin Pferd und zugleich absolut kein Pferd, ich bin nur unwillig, die durch Mutation und Deformation herbeigeführte Entlastung von Moral und Anstand aufzugeben

In der Situation übersteigerter Gier sind ich bzw. wir, du bzw. ihr aufgrund der kollektiven Verluderung gegeneinander verantwortungslos bzw. gleichgültig

Schaut nur mal, wie unbeschwert ich alle Arten von Entführungen und Ausschweifungen vollziehe

Das Sonnenlicht kommt nie dazu, mich zu bescheinen, ich bin untergetaucht, um zu vermeiden, dass man mich für einen Verbrecher an einem Zeitalter oder einer Gattung hält
Und um zu vermeiden, dass ich wie ein philosophischer Großmeister vom ursprünglichen Wesen des Menschen ausgehend meine Fragen stelle, und zu einer Schlussfolgerung gelange, welche die Abgründigkeit meiner Verkommenheit und Niedrigkeit erklärt
Auch um das freudianische Gerede zu vermeiden und ausgehend vom Ödipuskomplex als Richtschnur die Gründe für die Radikalität meines inzestuösen und unzüchtigen Verhaltens zu erklären

Ich bin einfach ich
Pferd ist einfach Pferd

Ein Zeitalter ist einfach ein Zeitalter
Eine Gattung ist einfach eine Gattung

Eine Entführung ist einfach eine Entführung
Ein Inzest ist einfach ein Inzest

Unzucht ist einfach Unzucht
Niedertracht ist einfach Niedertracht

Da nun die Verkommenheit diesen Grad erreicht hat, muss meine bzw. unsere, deine bzw. eure Gemeinheit und Schamlosigkeit bis zur letzten Konsequenz durchgehalten werden

DIE NEUNTE NACHT
Das Kapitel vom Pferd

Na und? Vom Standpunkt und aus der Perspektive der
Mutation und Deformation eines Pferdes verträgt sich das bestens mit
den Prinzipien von Moral und Glauben
Und der Kaffee, wird er nicht immer kälter?

Nicht anders als bei der durch Entführung erfolgreichen Lolita
In der Tiefe eines Waldes, mal versteckt mal sichtbar, erneutes
Entführt-Werden nach befriedigter Fleischeslust

Ach du meine Güte, wie hast du nur vor Mutation und
Deformation deine Fleischeslust befriedigt?
Ich habe stolz zu verkünden, in Weiterführung deiner Geilheit und
Brünstigkeit sind meine Entführungen stets unfehlbar und von
sofortigem Erfolg gekrönt

Prost, im Namen des Kaffees

Auf diese offenherzige und zugleich wirre Nacht der
Entführung, Nacht der Schamlosigkeit, Nacht der Schrankenlosigkeit,
Nacht des Inzests, Nacht des Zeitalters, Nacht der Gattung, Nacht
der Brüste, Nacht der Jungfrauen, Nacht der langen Haare, Nacht
der männlichen und weiblichen Geschlechtsorgane sowie Nacht der
zweiten Nacht, Nacht der kahlen Berge, Nacht des bebauten Landes,
Nacht der „Ruinenstadt"[7].

26.12.2007, 10:41
USA, Newport Beach

---

[5]. Rabindranath Tagore, (1861 – 1941), indischer Dichter und Philosoph, Nobelpreisträger 1913.

[6]. Film des taiwanesischen Filmregisseurs LI An (Ang Lee, *1954), nach einem Roman von Zhang Ailing (Ellen Chang, 1920 – 1995).

[7]. Roman des chinesischen Schriftstellers JIA Pingwa (* 1952), erschien zunächst 1993 in der Literaturzeitschrift „Oktober", später in Buchform und erregte wegen seiner freizügigen Beschreibungen der sexuellen Abenteuer seiner Hauptfigur und des moralischen Verfalls der Eliten in einer chinesischen Provinzstadt riesiges Aufsehen. Wurde zwischenzeitlich von der Zensur verboten.

Dritte Nacht
DIE ZAUBERSTADT DES PFERDES

Schau mal, heute Nacht will ich am gasbeheizten Kamin vor mich hindösen

Wirr, unruhig, gelangweilt, leer, verängstigt und voller Selbstekel, von Kopf bis Fuß aufgepeitscht von den wild aufzüngelnden Flammen

Nichts als eine durchsichtige, wie nicht vorhandene Glastür, die meine ganze Erregung fest einschließt

Stadt, das Wasser draußen im Hafen leuchtet von innen heraus

Was mich angeht, die Mutation und Deformation eines Pferdes, so fürchte ich alles, was riesig und nicht erfassbar ist

Ich fürchte zum Beispiel die Stadt als eine Falle, die den Jungfrauen die Reinheit raubt, die mit dir existiert, als sei nichts geschehen, dann, nach einem Besäufnis oder einer ekstatischen Nacht, dich leer zurücklässt, dich in einen unbedeutenden Käfer verwandelt

Ich kenne so viele Geschichten, die mir schwer über die Lippen gehen

Zum Beispiel gibt es ein magisches Tor, das jedes Mädchen

blitzt, das hindurchgeht, natürlich, alles wird sichtbar bis zum kleinsten Detail, sodass es den Mädchen danach egal ist, ob sie Büstenhalter tragen oder barbrüstig sind

  Ein magisches und bösartiges Tor[8], gehst du hindurch, wirst du zum öffentlichen Liebhaber, an dem jedermann seine sexuellen Fantasien austoben kann

  Dann gibt es ein Hochhaus, das dazu dient, jedermanns Schicksal zu verändern, die Gefahr liegt nicht in seiner nach sozialen Schichten aufgeteilten Höhe, natürlich, das gilt nicht für das psychische Morden und Gemordet-Werden nach philosophischer Definition

  Ich habe zahllose Mutationen und Deformationen von Pferden die üppig dekorierte Eingangshalle betreten sehen, die dann auch wie Pferde wieherten und sich küssten

  Ebenso habe ich unzählige Gattungen den Lift besteigen sehen, um nach unten zu fahren, die sich, kaum hatten sie den Lift verlassen, in Mäuse, Kakerlaken, Maulwurfsgrillen, ja sogar Regenwürmer verwandelten und sich in der Kanalisation der Stadt verkrochen

  Oh Gott, was für eine geheimnisvolle Zauberstadt

  Seit dreihundert Jahren grüble ich mit meiner kläglichen Weisheit, doch bin ich unfähig zu begreifen, warum ich mich in die Mutation und Deformation eines Pferdes verwandelt habe

  Ja, ich gebe zu, meine männliche Potenz und Leidenschaft verhindern, dass ich in der Lage bin, die Erregungen meiner Sinnen-, Geschlechts- und Fleischeslust zu beherrschen

  Aber genau deshalb kann ich mich in einer solchen Zauberstadt frei bewegen

  He, du Kaffeetrinker, obwohl ich nicht weiß und nicht wissen will, ob die Fantasien und Aktionen deiner Sinnen-, Geschlechts- und Fleischeslust bereits tief genug gesunken sind, um der Norm zu genügen

  So weiß ich doch, dass du genau wie ich die entsprechenden Details beherrschst

33 | DIE NEUNTE NACHT
Das Kapitel vom Pferd

Zum Beispiel: Wir beide beteiligen uns mit Leidenschaft an sämtlichen Aktivitäten der Mäuse, Kakerlaken, Maulwurfsgrillen, ja sogar Regenwürmer, nachdem sie in die Kanalisation eingedrungen sind

Unverzügliche Paarung

Unverzüglicher Inzest

Unverzügliche Bastardisierung

Unverzüglicher Orgasmus

Unverzügliche Besitzergreifung

Unverzüglicher Genuss

Unverzügliches Gemetzel

Unverzüglicher Verlust der Jungfräulichkeit

Unverzügliche Entjungferung

Unverzügliche Verluderung

Ist es nicht so, du Kaffeetrinker?

Ist es nicht das Ziel dieser mithilfe eines Komplotts in gemeinsamer Absprache und Anstrengung geschaffenen magischen Zauberstadt, dass sich darin unsere Sinne verwirren?
Stell dir vor, wir sind im Flugzeug gekommen, im Zug, im Automobil, mit dem Motorrad, auf dem Fahrrad, zu Pferde, in der Sänfte, im Heißluftballon, mit dem Fluggleiter, auf dem Schlitten, im O-Bus, im Fernbus, beim Marathonlauf, mit dem Ozean-Raddampfer, durchgeschlüpft im Container versteckt, mit einem Raumschiff, auf einer Rakete reitend, aus einem Atom-U-Boot hervorgekrochen, aus einem F22-Kampfbomber gestiegen
Doch mit dem Ziel, uns die Sinne verwirren zu lassen, oder?

Ach Pferd, ich weiß nicht und will nicht wissen, wie du mit deiner und meiner Mutation und Deformation umgehst und sie beurteilst

Ich weiß nicht und will nicht wissen, ob Mutation und Deformation zwangsläufig sind

Wahrscheinlich sind sie Ursache und Wirkung dafür, dass ich mich in der Zauberstadt sicher und unversehrt bewege

Wie auch immer, eine Zauberstadt reicht für die Anpassung an die Bedürfnisse unserer primitiven Existenz und deren Befriedigung

Und was ich von dir halte, Pferd, vor und nach deiner Mutation und Verformung:

Männliche Potenz, ein Geschlechtsorgan ungeheurer Größe

Bestialität, ein nicht zu unterdrückender Trieb zu Paarungen jeder Art

Raffinement, die Fähigkeit, mich jeder historisch existenten Zivilisation und Philosophie zu bedienen

Klugheit, unverzüglich jede sich bietende Gelegenheit zum Inzest zu ergreifen und seine Regeln zu beherrschen

Geschwindigkeit, ohne Zögern dem niedrigsten moralischen Niveau anheimzufallen

Schamlosigkeit, in der Lage zu sein, am helllichten Tag jederzeit zu erigieren

Umwelt, unter keinen Umständen Kondome verwenden

Nun gut, ich platze vor Stolz über die Mutation und Deformation meines Pferdes und des Ichs des Pferdes

Das ist wahrhaft der Geist der Zauberstadt, mit anderen Worten, die Kristallisation einer das Jahrhundert überschreitenden Verschwörung

Daher muss der letzte Teil dieser Geschichte auf diese Weise enden:

Du Zauberstadt, bist der spitzen-technologisierte Bastard eines globalisierten Zeitalters

Du Zauberstadt, bist der spitzen-intellektuelle Geist eines globalisierten Zeitalters

Du Zauberstadt, bist die spitzen-philosophische Beglaubigung eines globalisierten Zeitalters

Du Zauberstadt, bist die spitzen-lustbereite Gebärmutter eines globalisierten Zeitalters

Du Zauberstadt, du bist der spitzen-deformierte Penis eines globalisierten Zeitalters

Du Zauberstadt, bist die spitzen-verzauberstädtisierte Zauberstadt eines globalisierten Zeitalters

He, wo ist der Kaffee? Erhitzt ihn auf der Flammenglut dieses Kamins und dann wacht über diese Zauberstadt

27.12.2007, 04:37
USA, Newport Beach

---

8. *Bezieht sich auf ein in den USA entwickeltes Sicherheitssystem, das den menschlichen Körper eines hindurchgehenden Menschen vollständig, inklusive der Schamteile, exakt und dreidimensional abbildet.*

Vierte Nacht
DIE FANTASIEN DES PFERDES

*I*ch bin plötzlich hilflos der Angst ausgeliefert
Weil ich mir einer Tatsache bewusst werde, nämlich, dass ich am Ende zerstückelt werde

    Ehrlich, ich bin doch nur die Mutation und Deformation eines Pferdes, also
        Die Mutation und Deformation eines Hundes
        Die Mutation und Deformation einer Katze
        Die Mutation und Deformation einer Krähe
        Die Mutation und Deformation einer Kakerlake
        Die Mutation und Deformation einer Schlange
        Die Mutation und Deformation eines Spatzen
        Die Mutation und Deformation meines Ichs

    Alle Mutationen und Deformationen sind nichts als Mutationen und Deformationen

    Muss nicht, bei gleicher Niedertracht, gleicher Verluderung, bei im gleichen Zeitalter und in der gleichen Gattung auftretender Sinnenlust, Geschlechtslust und Fleischeslust die gleiche Zerstückelung auf gleiche Art und Weise erfolgen?

He, du Kaffeetrinker, bitte sag mir
Wer wird mich zerstückeln?

Man muss wissen, dass wir aus der Vogelperspektive der Philosophie lediglich ein Fragen stellendes Ur-Ich sind, aus dem Blickwinkel der Biologie jedoch sind wir im Grunde nur in Mutation und Deformation befindliche Mutationen und Deformationen

Den Geschlechtsverkehr und Inzest der Bäume können wir vernachlässigen und nicht weiter hinterfragen
Was natürlich heißt, auch den Orgasmen und der Impotenz der Bäume nicht weiter nachzugehen

Vielleicht können wir es so betrachten: Die Zerstückelung einer Mutation und Deformation ist lediglich eine andere Form ihrer Fortexistenz

Wie zum Beispiel, dass uns der Abstieg von einer höherwertigen zu einer minderwertigeren Mutation und Deformation Vergnügen bereitet
Wie der Abstieg von einer zivilisierteren zu einer barbarischen
Wie der Abstieg von einer wohlsituierteren zu einer gierigeren
Wie der Abstieg von einer besonneneren zu einer brutaleren
Wie der Abstieg von einer globalisierteren zu einer sklavischeren
Von einer mutierteren und deformierteren zu einer noch mutierteren und deformierteren

Wie auch immer, ihr seid gebeten, mich auf jedwede Art, zu jedweder Zeit, an welchem Ort auch immer, durch jedwede Mutation und Deformation zu zerstückeln
Um meiner Mutation und Deformierung Gelegenheit zu geben, weiter zu mutieren und zu deformieren

Meine Zerstückelung ist daher der Beginn einer erneuten Zerstückelung
Ich beteilige mich an meiner Zerstückelung, um den Grad

meiner pathologischen Veränderung und ihrer Unheilbarkeiten zu ermessen

Sofort wenn die nächtliche Zerstückelung der weißen Katzen beendet ist, verfolgen sie in zwei Teile geschnitten durchs Glas den Prozess meiner Zerstückelung

Daher flehe ich die beiden Hälften der weißen Katzen an: Katzen, auf keinen Fall dürft ihr an meinem Penis naschen und mein Sperma schlabbern

Was die Hölle angeht, so produziere ich durchaus nicht all die faustischen Assoziationen und Schmerz-Reaktionen

Exzessives Begehren und exzessive Besitzergreifung, sowie exzessives Begehrt-Werden und In-Besitz-genommen-Werden haben dafür gesorgt, dass alle meine Illusionen in Mutationen und Deformationen zerstückelt wurden

Als Mutation und Deformation eines Pferdes verachte ich die Hölle

Als Beispiel: Ich gebe ein verächtliches Schnauben von mir

Anschließend wird die Hölle zerstückelt, das Höllenfeuer beginnt in sämtlichen Penissen und Vaginen zu pulsieren, als habe eine Gattung diesen Prozess vorprogrammiert, sie zerstückeln sich, mutieren und deformieren sämtliche Räume und werden zur Hölle

Ach, armer Faust, unfähig zu verstehen, dass wir in dieser Nacht des 21. Jahrhunderts mithilfe von Mutation und Deformation die Neu-Ordnung von Paradies und Hölle bewerkstelligt haben

Das Paradies ist durch Mutation und Deformation zur Hölle mutiert und deformiert
Die Hölle ist durch Mutation und Deformation zum Paradies mutiert und deformiert

Vor diesem Hintergrund verliert jede Gedichtzeile ihren beschreibenden Sinn

Die Dichter mutieren und deformieren zu zerstückelten weißen Katzen, die bei der Aussicht auf zu naschende Penisse in Raserei verfallen, und denen bei der Aussicht auf das zu schlürfende Sperma der Speichel aus dem Maul tropft
Daher werden die Gedichte zerstückelt, Mutation und Deformation werden zu Verzweiflungsschreien der Lust, überschwemmt von einem Zeitalter der Lustschreie, eine lustschreiende Gattung, ein Lustschrei zwischen Himmel und Hölle

Mir ist klar, dass jede Mutation und Deformation im Nu meinen Irrsinn und meine Metamorphose erkennt
Na und?

Sie haben nicht die geringste Ahnung, dass ich die Geheimnisse von Himmel und Erde bereits in- und auswendig kenne, nämlich eine möglichst rasche Zerstückelung, Mutation und Deformation, ein möglichst rascher Irrsinn und eine möglichst rasche Metamorphose, was es ermöglicht, von der Mutation und Deformation eines Pferdes in eine andere, zum Beispiel die einer Schlange zu mutieren und zu deformieren

Das ist der Ursprung der Entstehung des von der Zerstückelung herbeigeführten Vergnügens an der Zerstückelung

Die Heuchelei von Vollkommenheit und Würde macht einem übel, was bedeutet, du bist unfähig, dir damit vor der Mutation und Deformation irgendein Vergnügen zu verschaffen
Mein Urteil über die Mutation und Deformation nach der Zerstückelung lautet wie folgt:
Auf irgendeiner Zementplattform irgendwo in der Kanalisation werde ich zu einem pathologischen Muster zu Demonstrations- und Übungszwecken
Die Mutationen und Deformationen von Männlein und Weiblein, von Hunden und Katzen, sorgfältig aufbereitet, sind

DIE NEUNTE NACHT
Das Kapitel vom Pferd

womöglich mein zerstückelter Penis, der anschließend in einem
Container für Abfall des Jahrhunderts zum Einfrieren eingelagert wird
    Viele, viele Jahre später, ungefähr wenn alle Gattungen
gezwungen sein werden, auf einem anderen Planeten zu leben, zum
Beispiel auf einem Kometen, werden Dichter, die Mutation und
Deformation hinter sich haben, wie Xiaodu[9], Xi Chuan[10], Ouyang
Jianghe[11] und Yang Lian[12], beginnen zu rezitieren:
In einem barbarischen 21. Jahrhundert gab es einen Penis, der den
Wald von Raketen, Schwertern und Speeren überquerte, sich aus
den Köpfen im Irak löste, und mit letzter Kraft einen Samentropfen
herausstieß, bevor er von Mördern und Scharfschützen liquidiert
wurde. Anschließend wurde er ohne Schwierigkeiten zerstückelt und
mutierte und deformierte in eine unbekannte Richtung

    Ich bin tatsächlich nur die Mutation und Deformation eines
Pferdes, egal zu welchem Zeitalter und zu welcher Gattung gehörig,
werde ich am Ende immer zu einer Mutation und Deformation

    Ich fürchte, dass die Genauigkeit des Zeitalters dazu führen
wird, dass ich korrekt zu meinesgleichen gesellt werde
Ich fürchte, dass der Fortschritt der Wissenschaft dazu führt, dass
meine Gene zu niedrigen Kosten neu zusammengesetzt werden
    Ich fürchte, dass das Wiederauftreten des Leidens dazu führt,
dass mir wie einem Sklaven Lasten auf die Schultern geladen werden
    Ich fürchte, dass die Auslöschung unseres Planeten dazu führt,
dass meine Mutation und Deformation abrupt beendet wird

    Ach Pferd, sieh nur, ich habe durch Mutation und
Deformation die Tore von Moral und Kultur hinter mir gelassen, nur
um anschließend zu entdecken, dass ich durch noch moralischere,
noch kulturellere Messingschlösser, Mikroschlösser, Platinschlösser,
Schlösser aus Titanlegierung gefesselt werde
    Die Zerstückelung nach der Zerstückelung wird
höchstwahrscheinlich noch abstoßender ausfallen
    Unzucht und Verblendung, Anstand und Niedertracht, junge
Mädchen und lockere Weiber, Penisse und Gebärmütter, alles vermischt
sich nach der Zerstückelung in wildem Durcheinander

Dieses plötzliche Auftreten einer Nacht des Hasses und der der Zerstückelung habe ich in Wahrheit seit Langem erwartet

Ich werde das Augenmerk nach meiner Zerstückelung auf meine durch die Reflexion im Glas noch zerstückelteren unterschiedlichen Wahnbilder der Mutation und Deformation richten
Um sicherzustellen, dass meine Zerstückelung korrekt und pünktlich zu Ende geführt wird!

Das Erleben des Lustgefühls der Zerstückelung vor der Auslöschung ist innerhalb eines Zeitalters und einer Gattung das ideale Konzept für die schnellste, vorrangige, tiefste und beste Mutation und Deformation

Machen wir`s so, du Kaffeetrinker, egal welcher Art von Mutation und Deformation du angehörst, ich meine jedenfalls, dass du, wenn das alles nicht ausreicht, dich in Erschütterung und Wut zu versetzen, durch die Mauer hindurch deinen Blick starr nach hinten richten solltest

Denn dort vollzieht sich gerade eine Zerstückelung

26.12.2007, 05:37
USA, Newport Beach

---

9. TANG Xiaodu (唐晓渡 , *1954), einflussreicher Literaturkritiker und Übersetzer.

10. XI Chuan (西川 , *1963), eigentlich LIU Jun, Lyriker und Essayist, Vizeleiter der Literaturabteilung der Zentralen Kunstakademie.

11. OUYANG Jianghe (欧阳江河 , *1956), eigentlich JIANG He, Lyriker.

12. YANG Lian (杨炼 *1955) Lyriker, neben BEI Dao bekanntester Vertreter der „Dunklen Schule", lebt heute in Berlin.

Fünfte Nacht
DIE EINSAMKEIT DES PFERDES

Aufgrund der grausamen Tortur langjähriger Sinnen-, Geschlechts- und Fleischeslust verfalle ich zwangsläufig in überwältigende Einsamkeit

Stellt euch vor, in einer Zeit, wo man ohne Schwierigkeiten Bestellungen auf Sinnen-, Geschlechts- und Fleischeslust jahrhundertübergreifend aufgeben oder übers Netz ordern kann, kann die wahre Bedeutung des Geschlechtsverkehrs doch nur zu einer faden Angelegenheit werden

Man kann daher versuchsweise zu folgender Schlussfolgerung gelangen:
Nach dem Auftreten kollektiven Inzests und einer verrotteten Ordnung einer Gattung kann von der langen Nacht der Mutation und Deformation eines Pferdes keine Rede mehr sein

Mit anderen Worten, unter diesen Umständen könnte man sich in folgender Situation befinden: Man wartet lieber wie ein Ochsenfrosch im Schutz der Dunkelheit auf eine Ochsenfröschin, um sie von hinten zu bespringen, als nach Art einer transgressiven Mutation und Deformation bei der ersten sich bietenden Gelegenheit

mit der Mutation und Deformation irgendeiner Gattung nach den
Regeln der Sinnen-, Geschlechts- und Fleischeslust den Geschlechtsakt
zu vollziehen

So als käme ich, nachdem ich mich geschämt habe, über Liebe
und Treue zu diskutieren, in einen üppig wuchernden, unendlich
ausgedehnten Wald der Wollüste und hätte vor jedem der Bäume, mit
denen ich den Geschlechtsakt vollziehen könnte, jedwede Sinnen-,
Geschlechts- und Fleischeslust verloren

Ihr seht, jegliche Sinnen-, Geschlechts- und Fleischeslust kann
bereits auf jeder Ebene gemessen, gewogen, mit einem Preisschild
versehen, auktioniert, ausgeschrieben werden und unter der
Voraussetzung sozialer Gerechtigkeit und freiwilliger Zustimmung
auf Qualität und Quantität überprüft werden, es handelt sich also um
nichts anderes als um einen Supermarkt der Sinnen-, Geschlechts- und
Fleischeslust

Und ich bin natürlich längst mittendrin

Die Gattungen sind unermüdlich und mit allen Mitteln,
derer sie habhaft werden können, auf der Jagd, um den Nachschub
an frischen Meeresfrüchten, organischen und genveränderten
Nahrungsmitteln für den Supermarkt der Sinnen-, Geschlechts- und
Fleischeslust sicherzustellen

Dadurch ist mir klar geworden, dass darin letztlich der
Grund für den verzweifelten Drang nach Mutation und Deformation
sämtlicher Gattungen zu suchen ist
Wir müssen beispielsweise zunächst in ein Pferd mutieren und
deformieren, bevor wir nach Art des Geschlechtsverkehrs der Mutation
und Deformation eines Pferdes den Geschlechtsverkehr mit den
Mutationen und Deformationen sämtlicher Pferde vollziehen können

Oh Wissenschaft, oh Zivilisation, jede beliebige Gattung ist
längst so weit fortgeschritten, dass sie auf beliebige Art und Weise,
zu beliebiger Zeit und an beliebigem Ort transgressiv Mutation und
Deformation in jedem beliebigen Sinne vollziehen kann

Zum Beispiel: Pferd mit Pferd, Pferd mit Hund, Pferd mit Ente, Pferd mit Affe, Pferd mit Laubfrosch, Pferd mit Tigerleopard, Pferd mit Schwan, Pferd mit Schlange, Pferd mit Jungfrau, Pferd mit Apfel, Pferd mit Glas, Pferd mit Saurier, Pferd mit Kleinkrabbe, Pferd mit Finger, Pferd mit Afterausgang, Pferd mit Zahn, Pferd mit Werkbank, Pferd mit Tennis, Pferd mit Stern, Pferd mit Wissenschaft, Pferd mit Zivilisation

Wer hätte unter diesen Umständen wohl den Wunsch, sich vom Prozess der Mutation und Deformation einer Spezies auszuschließen

Geht man einen Schritt weiter, wer wäre wohl bereit, Genuss und Vergnügen aufzugeben, die sie hervorrufen

Man muss sich klarmachen, dass wir lediglich die Mutation und Deformation eins Pferdes sind

Na schön, mein Freund, genieße nur weiter deinen Kaffee

Mit anderen Worten, mach nur weiter mit der abscheulichen Mutation und Deformation deines Pferdes

Mein Geheimnis ist das Ausmaß meiner Heuchelei und die Kontrolle über den Ablauf des Geschlechtsverkehrs

Wie du längst schon durchschaut hast, gehöre ich zu den gierigsten, gerissensten, geschicktesten und am tiefsten ins Dunkel gehüllten Mutationen und Deformation

Und selbstverständlich vor allem zu den reichsten und mächtigsten dieser Mutationen und Deformationen

Meine besondere Begabung liegt darin, als Alleingänger mit sicherem Rhythmus und Gespür für das Vor und Zurück meine Geschlechtsakte zu vollziehen

Ich bin vertraut mit allen geheimen Schleichwegen der

DIE NEUNTE NACHT
Das Kapitel vom Pferd

Kanalisation und daher in der Lage, mit höchstem Geschick meine Minderwertigkeit und Billigkeit zu verbergen

Beim Geschlechtsverkehr befolge ich die Regel, meinen Penis möglichst effektiv einzusetzen und mein gesamtes Sperma zu verspritzen

Durch Praxis und Beobachtung bin ich zum Ergebnis gelangt, dass das Liebenswerteste der Mutation und Deformation einer Gattung in der Schönheit der Melodie der Lustschreie und den Details ihrer Variationen ihrer Details liegt

Vielleicht sind es die Brüste, vielleicht der After, vielleicht die Nase, vielleicht die Kehle, vielleicht die Zunge, vielleicht die Zehen, vielleicht die Jungfrauen, vielleicht die lockeren Weiber, vielleicht der „ältere Bruder"[13], vielleicht ein Dreier[14], vielleicht Eva, vielleicht Viagra, vielleicht der Rundflug, vielleicht die Zweit-Frau[15], vielleicht das Fremdgehen[16]

Das ist der wesentliche Grund für die ständige Verstopfung der Kanalisation

Mein zweites Geheimnis ist, ständig und unmissverständlich meine Geilheit zur Schau zu stellen

Zum Beispiel verleugne ich nie, die Mutation und Deformation eines Pferdes zu sein, und ziehe daraus den Vorteil, dass niemand Recht und Haltung meines erigierten Penis infrage stellt, sondern jeder mein eigenmächtig auf das größtmögliche Vergnügen gerichtetes Handeln gutheißt und unterstützt

Ich kann nach eigenem Gutdünken jeden Wolkenkratzer als Penis benutzen und ebenso jedes Hochhaus als urbane Gebärmutter

Der sexuelle Gebrauch eines Hochhauses und einer Stadt ist keineswegs mit Schuldgefühlen verbunden, er ist Symbol der Zivilisation

Und außerdem erhalte ich, die Mutation und Deformation eines Pferdes, dadurch das Kapital für Erklärungen und Demonstrationen

Die Missachtung des Geschlechtsverkehrs eines Pferdes ist ein absolutes Verbrechen im wahren Sinne des Wortes, sie ist angesichts des erreichten Fortschritts der Gattung entschieden abzulehnen

Geht man so weit, die Sexualorgane mithilfe eines Mantels zu umhüllen, mithilfe des Unbewussten die sexuellen Impulse, mithilfe der prinzipiellen Kategorien der Ich-Philosophie die sexuelle Überflutung, mithilfe des Standpunktes der Evolutionstheorie die sexuelle Konkurrenz, mithilfe der Abgehobenheit der Kulturwissenschaften die sexuellen Funktionen, mithilfe der Grundregeln der Soziologie die Position des Sex, mithilfe der Gesetze der Ökonomie den sexuellen Austausch, mithilfe der Methoden der Politologie die sexuelle Demokratie zu erklären, so ist das alles totaler Quatsch

Mithilfe der unterirdischen Regeln der Kanalisation abwägen: Jungfrauen und Entjungferte, Kopulieren und Kopuliert-Werden, Besitz-Ergreifen und Besitz-ergriffen-Werden, Genießen und Genossen-Werden, Handeln und Gehandelt-Werden, Mutieren und Mutiert-Werden, Deformieren und Deformiert-Werden, Lustschreien und Lustgeschrien-Werden, Orgasmieren und Orgasmiert-Werden, all das folgt lediglich den unsichtbaren Regeln, denen man im Namen der Zivilisation gehorcht, mit anderen Worten, den im Namen des Fortschritts festgelegten neuen unterirdischen Gesetzen des neuen Dschungels

Angesichts von so viel Heuchelei und hoher Moral bin ich einsam zum Herzerbarmen

Ach, meine Schönen, sagt mir, wie soll ich unter diesen Umständen meinen Ausschweifungen frönen

Ach, ihr Komplizen meiner Mutation und Deformation, wer wäre in der Lage, solch eine schändliche und zugleich angenehme Mutation und Deformation aufzugeben

Denkt doch nur, all das genügt, um sämtliche Mutationen und Deformationen von Pferden bis ins Innerste in Panik zu versetzen

DIE NEUNTE NACHT
Das Kapitel vom Pferd

Denkt doch nur, all das genügt, um sämtliche mutierten bzw. deformierten Pferde innerlich vor Einsamkeit erstarren zu lassen

Nun denn, ihr Mutationen und Deformationen von Pferden, verbergt rasch eure diversen mutierten und deformierten Geschlechtsorgane
Die Zivilisation nähert sich gerade über die Kanalisation
Die Materie vermehrt sich gerade über die Kanalisation
Die Freiheit entfaltet sich gerade über die Kanalisation
Das Gemetzel vollzieht sich gerade über die Kanalisation
Die Jungfrauen werden gerade über die Kanalisation gehandelt
Die Kopulation wird gerade über die Kanalisation in rosigen Farben gemalt
Die Sonne erhebt sich gerade über der Kanalisation
Die Spermien schwängern gerade die Kanalisation

28.12. 2007, 05:37
USA, Newport Beach

---

13. Ge (哥哥), wörtl. älterer Bruder, bezeichnet häufig auch einen Geliebten. Hier bezieht sich das Wort konkret auf den Hongkonger Schauspieler ZHANG Guorong (张国荣), der im 1987 gedrehten Film „Der Geist einer Schönheit" (倩女幽魂) vom weiblichen Geist Xiao Qing Ge Ge genannt wird. Diese Bezeichnung wurde zum Spitznamen und Markenzeichen des Schauspielers.

14. Im Chinesischen shuangfei (双飞), auch yilongxishuangfeng (一龙戏双凤), ein Drache spielt mit zwei Phönixen.

15. Er Nai, wörtl. Zweit-Frau, bezeichnet im heutigen China eine von einem wohlhabenden, verheirateten (meist älteren) Mann ausgehaltene junge Frau. Sie besitzt keinen legalen Status.

16. pitui, wörtl. die Beine spreizen, bezeichnet im heutigen China ein ehebrecherisches Verhältnis von Männern wie Frauen.

Sechste Nacht
DIE FLUCHT DES PFERDES

*E*ntkommen, entfliehen, das Weite suchen, sich verbergen
So wie der Kaffee in deinen Händen langsam erkaltet

Erschöpft und ausgelaugt vom Kopuliert-Werden, erschöpft
der Gedanke an Flucht wie übermäßiges Kopulieren deine Seele

Aus der Vorstellung der Hölle ergibt sich die Sehnsucht nach
dem Tod

Was kann ich tun, um mich meines Verlangens nach der
früheren Zivilisation und der dadurch herbeigeführten Schuldgefühle
und Selbstvorwürfe zu entledigen?

Zum Beispiel plötzlich davon träumen, als armer Schlucker eine
vollkommen romantische Kopulation zu vollziehen

Zum Beispiel plötzlich davon träumen, am Vorabend des
völligen Ruins einer unvorstellbar reinen Jungfrau ewige Treue zu
schwören

Zum Beispiel plötzlich davon träumen, als herumstreunender

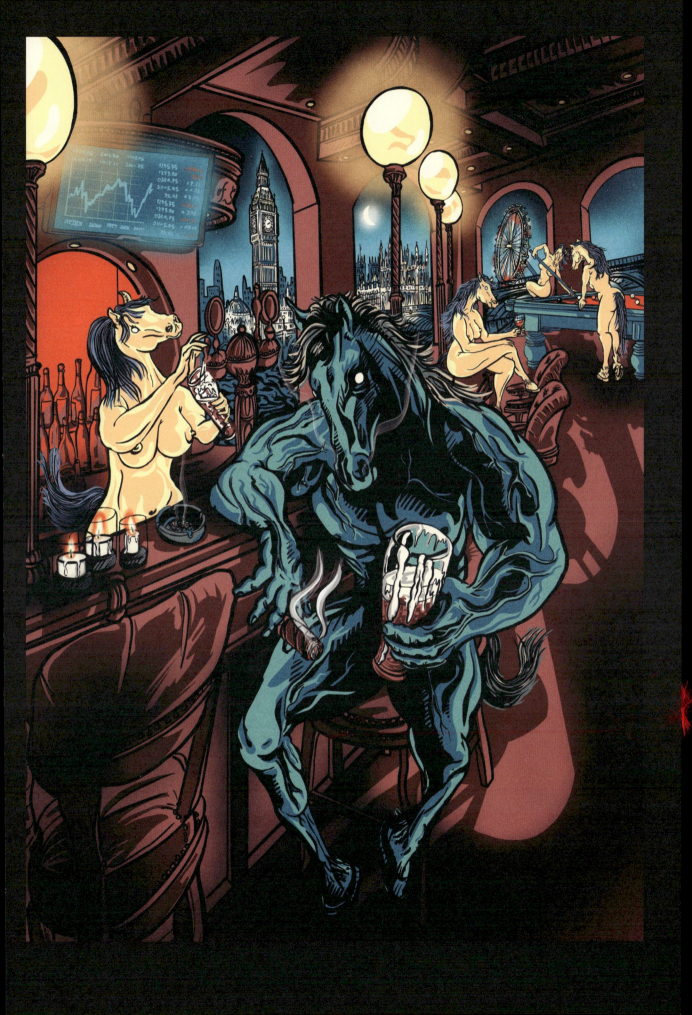

Penner einem im Luxus schwelgenden Mitglied der Oberschicht im Namen der Liebe die Nebenfrau auszuspannen
     Klar, das sind utopische Sexualfantasien

     Abfallprodukte einer vergangenen Zivilisation
     Gegen-Reaktionen auf Mutation und Deformation
     Brennende Scham über die Mutation und Deformation eines Pferdes

     Wie kann unter diesen Umständen einer wie ich, so weit unten, so demütig, so schamlos, so unzüchtig, so kultiviert, so erfüllt von Sinnen-, Sexual-, und Fleischeslust, derart dreist, schamlos und unbekümmert sein?

     Mein Gott, auch ich brauche eine Tasse Kaffee

     Ich muss unbedingt aus meinem Wortschatz sämtliche Terminologie streichen, die mit Liebe, Treue, Anstand, Moral, Aufrichtigkeit und Selbstlosigkeit zu tun hat, um mich der Lasten der vergangenen Zivilisationen, Kulturen, Gattungen und der früheren Mutationen und Deformationen zu entledigen

     Wenn ich diese Tasse Kaffee ausgetrunken habe, muss ich mich an den Brunstgeruch gewöhnen, der die ganze Welt erfüllt

     Mich daran gewöhnen, durch die Straßen Londons mit der Lässigkeit eines Gentlemans zu schlendern und in tadelloser Haltung meine Aufwallungen von Geilheit unter Kontrolle zu halten
     Mich daran gewöhnen, im Kerzenlicht der Bars gefasst und ohne Erregung mit einfachen Worten vom Kopulieren zu sprechen, ohne so weit zu gehen, das Wort Liebe machen zu verwenden
     Mich daran gewöhnen, auf CNN klaglos mit kühlem Blick den mannstollen Weibern mittleren oder gehobenen Alters bei der Diskussion über männliche Prostitution in Afrika zuzusehen
     Mich daran gewöhnen, ohne erhöhten Pulsschlag auf Internetforen den Posts über Päderastie und Pädophilie zu folgen
     Mich daran gewöhnen, dem lockeren Gerede der Gattungen

beim Verdauen eines opulenten Mahls zu lauschen: Schaut her, diese Mutation und Deformation eines Pferdes möchte doch tatsächlich noch mutierter und deformierter sein als die allgemeine Mutation und Deformation

Diese nicht zu überbietende Scham- und Haltlosigkeit verletzt mich tief

In Wahrheit bin ich doch nur der Erste, der Fragen an die Mutation und Deformation der Gattung und des Zeitalters richtet

Die Fragenden werden ins Exil verbannt, was bedeutet, dass der Prozess der Mutation und Deformation der Fragenden gewaltsam gestoppt wird

Vergleichbar dem Pferd, das gezwungen wird, nichts weiter als die Reihe seiner Ahnen fortzusetzen
Vergleichbar dem Menschen, der gezwungen wird, nichts weiter als Vertreter seiner jeweiligen Schicht zu sein
Vergleichbar dem Baum, der gezwungen wird, nichts weiter als die Blütenpracht des Frühlings zu verkünden
Vergleichbar mir, der gezwungen wird, nichts weiter als eine Mutation und Deformation meines Ichs zu sein
Vergleichbar dem Kaffee, der gezwungen wird, nichts weiter zu sein als ein teurer Kaffee, der in einem Starbucks-Café geschlürft wird

Nach so vielen Worten bin ich genötigt, aus der Perspektive der Mutation und Deformation eines Pferdes eine äußerst ernsthafte Frage zu stellen:
In was für eine Mutation und Deformation mutieren und deformieren ich und wir, du und ihr eigentlich?

Sind ich und wir, du und ihr, herabgesunken auf ein Stadium, wo man in Gestalt eines doppelgeschlechtlichen Wesens mit sich selbst kopulieren kann, noch in der Lage, mithilfe der Zwangsmittel des Geldes, der Macht, des Betrugs, der Gewalt, der Korruption, der Heuchelei, der Verstellung, des Ehrgeizes und des Todes die Lösung der Fragen meiner und unserer, deiner und eurer Sinnen-, Sexual- und Fleischeslust zu erreichen?

Oder um vom entgegengesetzten Standpunkt aus zu argumentieren: Sind ich und wir, du und ihr noch in der Lage, mithilfe gegenseitiger Verschmelzung friedlich miteinander zu koexistieren und unsere wechselseitigen Sexualfantasien zu befriedigen?

Sind ich und wir, du und ihr auf dem Höhepunkt einer Gattung und am Ende eines Zeitalters etwa füreinander nichts als Sexualarbeiter und betrachten das als die ideale Lösung für die Sinnen-, Sexual- und Fleischeslust?

Brillant, ich bin dieses unaufhörlichen Zustands der Entwicklung von Mutation, Deformation Verformung längst müde und überdrüssig

Längst bin ich außerstande, mit der Gattung zu brechen und das Zeitalter gründlich zu kritisieren, meine diversen Formen von Kopulationen, von Besitzergreifung und Genuss sowie die diversen Formen des Kopuliert-Werdens, Besitz-ergriffen-Werdens und Genossen-Werdens, was nur als Schauspiel für ein Massenpublikum dienen kann, aber nicht mehr als Modell-Beispiel für eine grandiose Idee einer avantgardistischen Häresie

Also, was ist dann an Foucault so großartig und geheimnisvoll?

Während er sich der Drogen, des Wahnsinns, des Anus und der Gefängnisse bedient, um das Recht auf moralisch gerechtfertigte sexuelle Erfahrung zu erlangen, habe ich längst meine Sinnen-, Sexual- und Fleischeslust auf geniale Weise gelöst

Ich bin sogar willens, mich von sämtlichen Gattungen und Zeitaltern massenvergewaltigen zu lassen

Oder freiwillig sämtliche Gattungen und Zeitalter massenzuvergewaltigen

DIE NEUNTE NACHT
Das Kapitel vom Pferd

Das bedeutet, ich ziehe es vor, auf dem Weg der Massenvergewaltigung die fleischliche und geistige Taufe und Transformation zu vollziehen

Genau genommen will ich nur mit poetischen oder textlichen Mitteln das philosophische Prinzip meiner Fleischlich- und Geistigkeit neu poetisieren oder vertextlichen

In Wahrheit kann man annehmen, dass ich als Foucault-Anhänger Schuld auf mich geladen habe, und zwar Verbrechen der schlimmsten Art

Ich habe die Verbrechen der Gattung innerhalb eines Zeitalters gesehen und darauf mit zunehmender Geschwindigkeit Schuld auf mich geladen, um eine Foucaultsche Erfahrung der Flucht vor der Gattung und des Zeitalters zu machen

Das geht so weit, dass ich sogar die Vorstellung vergesse bzw. ihr instinktiv und aus tiefster Überzeugung entfliehe, dass ich auch durch Ausweichen und Aufgeben der Gattung und dem Zeitalter Schaden zufüge

Ich bin mir zutiefst bewusst, dass ich meine Gier und inzestuösen Verbrechen dazu benutze, die Schwere meiner Verbrechen am Zeitalter zu verschleiern, und zudem ständig unter dem Vorwand der Unwissenheit meine Gier, den Inzest, meine sexuellen Ausschweifungen, meinen Sadismus, meinen Egoismus, meine Heuchelei und Schamlosigkeit vorantreibe und vervollkommne

Diese lange Nacht erfüllt mich mit Unruhe und Unbehagen, mir wird es sogar gleichgültig, ob der Kaffee warm oder kalt ist

Womit lässt sich das vergleichen, mit dem Vorabend des Wahnsinns, mit der Sprache des Todes, mit dem Rand des Zusammenbruchs, mit dem Hereinbrechen des Schmerzes, mit wortloser Trauer, mit der Wirrnis von Impotenz, mit Birnenblüten-Lyrik[17], mit Freuds Ödipus-Komplex, mit der keynesianischen Wirtschaftstheorie, mit Friedmanns neoliberaler Wirtschaftstheorie, mit den Fantasien von Adam und Eva, mit Kinseys Sexualreport, mit Ouyang Jianghes papiernen Handschellen, mit der Grenzen und Zeitalter überschreitenden Zurschaustellung des erigierten Geschlechtsorgans einer ausgerotteten Gattung?

Über Art und Weise, Richtung und Ergebnis der Flucht lohnt es nicht, sich Gedanken zu machen

Stell dir vor, unter der Annahme, dass sämtliche Menschen oder Gattungen Foucaults wären, würde der Prozess der Schädigung und Auslöschung der Sexualität zwangsläufig eine Vielzahl von Voraussetzungen für eine heuchlerische Moral schaffen, damit würde jede damit zusammenhängende Gedichtzeile Reime und nicht Bilder produzierende Elemente ausschließen

Überlege mal, wäre es, unter der Annahme der Voraussetzung, dass sämtliche Huren und Freier des wirren, brutalen, sexsüchtigen 20. Jahrhunderts zu Dichtern oder zu Philosophen, Ökonomen, Historikern, Anthropologen, Medizinern, Psychologen, Künstlern, Militärexperten, Politikern, Sexualwissenschaftlern und Pädagogen würden, nicht dringend erforderlich, den historischen Gehalt der unzähligen Formen der Sinnen-, Sexual- und Fleischeslust und die Definition des Orgasmus neu zu überdenken?

Um eine Klassifizierung von Huren und Freiern eines Jahrhunderts vorzunehmen?

Ich habe keineswegs vor, zum menschenverachtenden Verbrecher zu werden
Ich habe nur plötzlich begriffen, dass ich in Wahrheit nichts als eine vom Jahrhundert in die Welt gesetzte kleine Hure bzw. ein kleiner Freier bin, tatsächlich nur ein unbedeutender Menschheitsverbrecher

Nichts an meinen Vergewaltigungs- und Mordwünschen und an meinem Jungfrauenkomplex ist rätselhaft, meine Schwierigkeiten rühren daher, dass ich einen Voyeurblick in die Herkunft der Gattung eines Jahrhunderts getan habe

Seither habe ich die Kontrolle über meine Mutation und Deformation verloren und bin zutiefst den diversen Freuden und Geheimnissen der Mutation und Deformation verfallen

Los, erledigt mich auf meiner schändlichen Flucht

Ich muss klarstellen, es handelt sich nicht um Überdruss und die Desertion von einer Gattung und einem Zeitalter
Ich will nur meine Degeneration etwas weiter vorantreiben, um vor der Vernichtung die Vorteile und Köstlichkeiten der Sinnen-, Sexual- und Fleischeslust auf diesem Planeten bis zum letzten Tropfen auszukosten

Die Flucht des Pferdes ist die Flucht der Mutation und Deformation eines Pferdes

30.12.2007, 06:13
USA, Newport Beach

---

17. Birnenblüte, chin. lihua (梨花). Der Ausdruck leitet sich vom Namen der chinesischen Lyrikern ZHAO Lihua (赵丽华) ab, deren Vornamen allerdings eine andere Bedeutung hat. Ihre Lyrik wurde wegen der Verwendung von Slang im Internet heftig diskutiert, seither werden Gedichte in diesem Stil als „Birnenblüten-Lyrik" bezeichnet.

Siebte Nacht
DAS WÜSTE LAND DES PFERDES

*I*ch habe endlich eine Höhe von 7546 Meter erklommen

Zurückblickend auf das wüste Land und das vergangene Jahrhundert kann ich in aller Schärfe und aller Nacktheit jedes Stückchen Grasland, jeden einzelnen Berg, jeden Kiesel, jedes Grab, jeden Leichnam erkennen, ich halte an meiner Pose des Unheilbringers und Unheil Erleidenden fest, ich bewahre den Nachgeschmack des Besitz-Ergreifenden und Besitz-Ergriffenen, des Genießenden und Genossenen, den Zustand des Mutierenden und Deformierenden und des Mutierten und Deformierten
Ich beobachte schließlich genau, wie die Sonne sich aus beißender Kälte erhebt, und das bringt mich zum Nachdenken darüber, warum ich und wir, du und ihr ein Synonym für Minderwertigkeit und Degeneration sind

Wüstes Land[18], was bedeutet das in diesem Moment?

Ein Stück Busen, ein Stück Hintern, ein Stück Verzweiflungsschrei, ein Stück Ausschweifung, ein Stück Fleischeslust, ein Stück Deformation, ein Stück Chaos, ein Stück Hundescheiße, ein Stück von nichts und niemandem

Vielleicht muss man es als ein Stück der unendlichen Leere des Post-Orgasmus, der Post-Sinnenlust, der Post-Sexuallust, der Post-Fleischeslust, des Post-Koitus betrachten

Hinzu kommt, dass ich erst in einer derartigen Höhe mit einem Schlag in völliger Klarheit erkenne: ich und wir, du und ihr sind häufig nichts als eine spezielle Art kaiserlicher Konkubinen einer Post-Gattung irgendwo hoch dort oben, mit anderen Worten, post-koitale Spielzeuge, mit anderen Worten, post-exkrementale Scheißespuren

Daher müssen ich bzw. wir und du bzw. ihr den Blick auf den Sternenhimmel richten, während wir in den Dreck herabsinken

Das da oben gehört nicht zu mir bzw. uns, nicht zu dir bzw. euch

Das da unten gehört in Wahrheit ebenfalls nicht zu mir bzw. uns, nicht zu dir bzw. euch, was bedeutet, dass im Unten der tiefere Grund dafür liegt, dass wir genötigt sind, nach oben zu blicken

Der essenzielle Grund dafür, dass ein Mensch oder die Mutation und Deformation eines Pferdes, die den Wunsch haben, Höhen zu erklimmen, in Schwierigkeiten geraten, liegt darin, dass sie bereits unrettbar degeneriert sind und nicht den geringsten Wunsch hegen, an dieser Situation etwas zu ändern

Schaut her, das wüste Land so weit das Auge reicht, ist mutiertes und deformiertes wüstes Land, bis zu einem Grad, wo kein Flecken davon noch normal erscheint
Ein namenloser Wind weht auf unerklärliche Weise hin und her, als wolle er die Gefühle sämtlicher Jungfrauen entfesseln
Unruhige Schneekörner treiben wild durcheinander auf und ab, als wollten sie mit Gewalt die Gürtel sämtlicher Huren und Freier zerreißen

Das ist das wüste Land, das wüste Land der nach Vergewaltigung Ermordeten, das wüste Land der Verratenen, das wüste Land der Mutierten und Deformierten, das wüste

DIE NEUNTE NACHT
Das Kapitel vom Pferd

Land der Verpferdeten, das wüste Land der Entjungferten, das wüste Land der Entblößten, das wüste Land der Geschlechtsorganisierten, das wüste Land der Gehandelten, das wüste Land der Gepriesenen, das wüste Land der Verfluchten, das wüste Land der Bombardierten, das wüste Land der Einundzwanzigstesjahrhundertisierten, das wüste Land der Foucaultierten, das wüste Land des Verapfelten[19], das wüste Land der Verhäuteten[20], das wüste Land der Verglasten[21], das wüste Land der Vernuorilangten[22], das wüste Land der Verspiegelten[23], das wüste Land der Verbeantworteten[24], das wüste Land der Viagratierten, das wüste Land der Verseifenblasten
      Sowie das wüste Land der Verwüstlandeten und das wüste Land der Verunterwegten

      Fahrt zur Hölle, all ihr Sprachen, welche hochtrabenden Gedanken könnt ihr über das wüste Land noch hegen, wir haben es doch längst in Grund und Boden genotzüchtigt

      Fahrt zur Hölle, all ihr Ehebrecher und Ehebrecherinnen, welche Illusionen und Wunschträume könnt ihr noch über das wüste Land hegen, wir haben auf diese Weise doch längst das wüste Land derart unwiederbringlich impotent gemacht

      Wir haben minderwertige Karnickel ausgesetzt und anschließend in der Wildnis des wüsten Landes ein Gemetzel veranstaltet und ihre Leichen geschändet, um so die Differenz in Bezug auf die Position zwischen uns und den Karnickeln klarzustellen

      Bei der Mutation und Deformation eines anderen Pferdes pflegen wir durch Analsex unsere Vorliebe für Mutation bzw. Verformung zu demonstrieren

      Diese Vorgehensweise genügt, um unsere wirkliche Existenz im wüsten Land unter Beweis zu stellen

      Ob gut oder schlecht, existent oder nichtexistent, den Sternenhimmel kümmert das nicht, er hat keine Meinung und keine Haltung gegenüber einem Zeitalter und einer Gattung

Schließlich ist alles wüstes Land, der helle Tag wie der Abend, das Gestern und wie das Heute, Männer wie Frauen, Lebende wie Tote, Mörder wie Ermordete, Vergewaltiger wie Vergewaltigte, Korrupte wie Korrumpierte, Anständige wie Veranständigte, Mutierer und Deformierer wie Mutierte und Deformierte

Und alle, alle ohne Ausnahme sind wüstes Land, verdammt noch mal

Das wüste Land des Pferdes der siebten Nacht

Und was gibt es noch außer dem wüsten Land, ich meine, nichts außer wüstem Land?

Auch aus dem Blickpunkt einer Höhe von 7546 Metern erkennt man keine klare Grenzlinie des Ehrgefühls, denn auf einer Höhe von 7546 Metern kann der Penis noch immer erigieren und wilde Fantasien der Vergewaltigung eines Stücks wüsten Landes produzieren

Wie Brüste glitzern die Berge im Sonnenlicht und erscheinen so wie Flächen, die man streicheln und in die man eindringen kann

Die Ströme erscheinen der Fantasie wie verspritzte Samenflüssigkeit, der Wind wie das Wonnegefühl eines Orgasmus im Zustand des Begehrens, Welle folgt auf Welle, das bis zur Heiserkeit gesteigerte Gebrüll erlischt hinter dem 7546 Meter hohen Gipfel

Traurig, dass sich auch auf einer Höhe von 7546 Metern oder noch höheren Gipfeln diese niedrigen Vorstellungen einstellen

Daraus kann man schließen, dass selbst die Nähe zum Paradies nicht ausreicht, um die Mutation und Deformation einer Gattung und eines Zeitalters zwangsläufig edel und respektabel aussehen zu lassen

Das führt uns zu der These, dass für mich und uns, dich und euch das wüste Land auf immer nichts als wüstes Land bleiben wird

In diesem Sinne darf Degeneration und moralische Verkommenheit nicht einfach als pathologische Veränderung einer Gattung und eines Jahrhunderts angesehen werden

DIE NEUNTE NACHT
Das Kapitel vom Pferd

Mit anderen Worten, ich und wir, du und ihr benötigen dringend diese Art pathologische Veränderung, um unbekümmert zu degenerieren und moralisch zu verkommen

Armes Pferd, das vor allem für ein Experiment zu dieser pathologischen Veränderung herhalten muss
Armes Ich, das durch die Mutation und Deformation eines Pferdes vor allem zur Durchführung dieser Art von Experiment herhalten muss
Armes Experiment, das vor allem in vollem Umfang auf einem Stück wüstem Land vollzogen wird

Auf solche Weise wurde ich verwüstlandet, verwüstlandet zu einem Dieb, gierig nach Geld und Affären, durch die Mutation und Deformation eines Pferdes zu einem wüsten Land in 7546 Metern Höhe mit entsprechender Perspektive

Egal, warum bin ich auch ein Nicht-Kaffeetrinker?

Warte nur, mein geliebter mutierter und deformierter Freund, ich verspreche auf dem wüsten Land dieser Nacht deine eben geäußerten Wünsche nach mutierten und deformierten Kopulationen und Affären zu befriedigen

Denn heute ist die Nacht des wüsten Landes eines Pferdes

30.12.2007, 07:50
USA, Newport Beach

---

18. *Nach dem Gedicht „Waste Land" von T.S. Eliot.*

19. *Der japanische Lyriker Shuntarou Tanikawa, (*1931) beschreibt in seinem Gedicht „Über das Halten von Äpfeln" das Wachsen und Wesen der Äpfel und bezieht sich dabei allegorisch auf die menschliche Existenz.*

20. Bezieht sich auf ein Gedicht des Lyrikers XI Chuan (s. Anm. 10), worin über die Funktion der Haut als Agent von Gefühlen reflektiert wird.

21. Bezieht sich auf das Gedicht „Glasfabrik" (1987) des Lyrikers OUYANG Jianghe (s. Anm. 11).

22. Bezieht sich auf das 1983 erschienene Gedicht „Nuorilang" des Lyrikers YANG Lian (s. Anm. 12), worin Mythen und Landschaften der ethnischen Minderheiten im Südwesten Chinas verarbeitet sind.

23. Bezieht sich auf den Gedichtband „Das 33. Stockwerk dieses Hauses" (1987) des Dichters und Kritikers Tang Xiaodu (s. Anm. 9), und das darin enthaltene Gedicht „Spiegel".

24. „Antwort", Gedicht des Dichters Bei Dao (s. Anm. 38).

Achte Nacht
DIE HEIMLICHEN AFFÄREN DES PFERDES

*I*ch bin berühmt für meine Promiskuität

Weil ich der Mutation und Deformation eines Pferdes verfallen bin, besitze ich natürliche Neigung und Fertigkeit zum Geschlechtsverkehr

Über die allgemein üblichen ungelenken Bewegungen rümpfe ich die Nase und schüttle mich vor Lachen, vor allem deshalb, weil sie der Ethik der Mutation und Deformation einer Gattung und eines Zeitalters zuwiderlaufen

Zunächst muss man die Art des Orgasmus ordern sowie die damit zusammenhängenden Details und die Zahlungsweise fixieren

Ist man Chef etlicher Zweitfrauen, muss man die Theorien des Sexualreports beherrschen und ein MBA-Zertifikat erworben haben, um in der Lage zu sein, den Ablauf der Kopulation und den Grad des Orgasmus festzulegen sowie den vereinbarten Preis zu analysieren

Was die Art und Weise der Kopulation nach vollzogener Mutation und Deformation einer Gattung betrifft, ist es erforderlich

und möglich, sie anhand von Formeln der Volkswirtschaftslehre zu berechnen und darzustellen

Zum Beispiel die Frequenz des Sperma-Ausstoßes und den Nutzungsgrad des Geschlechtsorgans, die Orgasmus-Dauer und die Intensität der vaginalen Feuchtigkeit, all das soll und muss im 21. Jahrhundert mit den Mitteln des Sexual-Preisvergleichs aufgezeigt werden

Glaubst du etwa, dass irgendjemand angesichts von mutiertem und deformiertem Zeitalter und ebensolcher Gattung die Wirkung von Sparbüchern und Machtverhältnissen ignorieren kann?

Daher gehen, egal ob es sich um ein Pferd vor der Mutation und Deformation oder um ein bereits mutiertes und deformiertes Pferd handelt, die Ansichten über und der Umgang mit der Sinnen-, Sexual- und Fleischeslust der Kopulation weit über deren biologische Implikationen hinaus

Nachdem ein Pferd seine materielle und politische Mutation und Deformation hinter sich gebracht hat, besitzt es unbestreitbar das prioritäre Recht auf Sexualverkehr für seine prioritäre Sinnen-, Sexual- und Fleischeslust

Es geht nicht darum, wessen Bett man besteigen darf, sondern darum, wessen Bett man besteigen möchte
Es geht nicht darum, ob man den Orgasmus erleben kann, sondern darum, ob man ihn erleben will
Es geht nicht darum, ob man Zweitfrauen haben darf, sondern nur darum, wen man als Zweitfrau haben möchte
Es geht nicht mehr darum ob man den Koitus mit dem Penis, der Vagina, dem Anus oder sonst irgendeinem Körperteil ausüben darf, sondern nur darum, ob man dafür den Penis, die Vagina, den Anus oder ein anderes Körperteil bevorzugt
Daher werden die hier diskutierten Affären in Wahrheit zu Erfahrungen, wie ein Pferd die Metamorphosen seines Ichs gestaltet

Ich nehme mich natürlich in keiner Weise aus, sondern stürze mich als Erster ins Getümmel

Im Gegenteil, da ich reich und gierig bin, schrecke ich vor nichts mehr zurück

Im Gegenteil, da ich mutiert und deformiert und außerdem minderwertig bin, scheue ich vor der Diskussion emotionaler oder moralischer Tabus zurück

Ich bin ein Pferd geworden
Aber dieses Pferd ist andererseits kein Pferd

Dass ich mich mit der Gattung eines Zeitalters eingelassen habe und dadurch zu Reichtum und Ansehen gelangt bin, macht mich zum Todfeind meiner selbst und zur Inkarnation des Bösen

Das Hervorbrechen der ersten Sonnenstrahlen macht mich wahnsinnig und verrückt

Das Gebrüll der Masse macht mich rasend und schwachsinnig

Am Ende
Ist das Pferd wieder zum Ich geworden
Aber dieses Ich ist andererseits kein Pferd

Ach Kaffee, dein aufsteigender Dampf bringt mich völlig durcheinander

Wir sollten uns alle abkühlen und uns darauf verständigen:

Das Fremdgehen mit einem Jahrhundert bzw. einem Zeitalter ist das absolute Übel

Das Fremdgehen eines Jahrhunderts bzw. einer Epoche mit einem ist das absolute Verbrechen

Ich habe es daher längst satt, mich bei irgendeiner Gattung über den Ablauf und die Details meiner Affären zu beklagen

Und ebenso wenig glaube ich den Beteuerungen irgendeiner Gattung über die Unschuld und Qualen einer Affäre

Ach Pferd, als deine Mutation und Deformation müssen all meine Bösartigkeit, Gier, Geilheit, Barbarei, Verwirrung, Schlechtigkeit, mein Jähzorn, meine Lüste und mein Tod ausnahmslos als Erfolge meiner Mutation und Deformation angesehen werden

DIE NEUNTE NACHT
Das Kapitel vom Pferd

Ehrlich gesagt, bin ich mir bewusst, dass mein Hang zu Fehltritten und Diebstählen Merkmale der Mutation und Deformation einer Epochengattung sind

In diesem Sinne bin ich nicht nur die Mutation bzw. Deformation eines Pferdes, sondern vor allem ein Dieb, der im Namen und unter Ausnutzung moralischer Minderwertigkeit die Gleich- und Andersgeschlechtlichen der Epochengattung stiehlt

In Wahrheit ist mir auch bewusst, dass der Hang zu Diebstählen und Fehltritten zugleich genetisch mit der Mutation und Deformation der Epochengattung zusammenhängt

In diesem Sinne bin ich nicht nur die Mutation und Deformation eines Pferdes, sondern vor allem der Rivale der Epochengattung, der im Namen und unter Ausnutzung von Liebe mit den Gleich- und Andersgeschlechtlichen Fehltritte begeht

So wie in den Charakter und die Gene der Gattungen mancher Epochen die unauslöschlichen Spuren der Brutalität eingeschrieben sind, ist es mein Schicksal, auf Art eines Diebes Fehltritte zu begehen, um der Mutations- und Deformationsgeschichte einer Epochengattung den Stempel der Sinnen-, Sexual- und Fleischeslust aufzudrücken

Egal, wer da kommt und wer mich töten, auslöschen, beschmutzen, massenvergewaltigen, sich über mich lustig machen, mit mir fremdgehen und mich dokumentieren wird, meiner wie auch immer gearteten persönlichen Reputation wird das nichts anhaben

Um auf ein Zeitalter und eine gesamte Gattung zu spucken, bedarf es einer nie da gewesenen Klugheit und Courage und der Entschlossenheit, nicht vor der kollektiven Vergewaltigung durch ein Zeitalter und eine gesamte Gattung zurückzuschrecken

Man muss den Mut haben, über die eigene Mutation und Deformation zu weinen und tiefen Schmerz zu zeigen, die Freuden von Überfluss und Reichtum mit anderen zu teilen und nie Scham und Reue über die eigene Mutation und Deformation zum Ausdruck zu bringen

 So weit, dass Fehltritte zur notwendigen Existenzbedingung und Konsequenz einer Epochengattung werden

 Um ein ganzes Zeitalter und eine Gattung in Aufruhr zu versetzen, bedarf es vermutlich mehr, als einen zu erledigen, der fremdgeht

 Die Beobachtung des Verlaufs eines Fehltritts ergäbe vermutlich den Avantgarde-Film eines ganzen Zeitalters und einer Gattung

 Mein Fehltritt könnte mit einem Kuss, einer Entjungferung, einem Sexhandel, dem Hochtreiben von Aktienkursen, einem Umkippen des Immobilienmarktes, einem Oralsex, einer Impotenz, einem Mord usw. beginnen, daher sollte kein Zeitalter und keine Gattung auch nur den Versuch machen, einem Fehltritt mit mir auszuweichen

 Ach Pferd, du hast dich längst an meine Fehltritte gewöhnt

 Also wirklich, letzten Endes bin ich doch nur die Mutation und Deformation eines Pferdes, schau her, rede ich etwa über Moral und Anstand, über Treue und Liebe, über Wohlstand und Fortschritt, über Gott und die Menschheit, über Vergnügen und Ruhm, über Glück und ewiges Leben?

 Nein, nicht im Geringsten, ich begehe lediglich einen Fehltritt mit einer Epochengattung, d.h. ich vollende die Mutation und Deformation einer Mutation und Deformation

 Ich brauche sogar eure Nachsicht und Kooperation, was die Mutationen und Deformationen betrifft, mit denen ich fremdgegangen bin, ich brauche die Anmut eurer Körper, eure Mandelaugen und Kirschmünder, eure jungfräuliche Reinheit, eure Schönheit einer aufgeschreckten Wildgans, eure Körperwindungen und euer

DIE NEUNTE NACHT
Das Kapitel vom Pferd

Stöhnen, eure Jadearme, die mich umschlingen, das Pfirsichrot eurer Wangen, eure üppigen Brüste und prallen Hüften, ich brauche euer widerstrebendes Entgegenkommen, die herabfallenden Birnenblüten im Regen, eure verschämte Hingabe, eure erloschenen Marmorleiber

    Was soll das bedeuten, doch wohl die höchst unpassende Bitte der Mutation und Deformation eines Pferdes

    Es muss sich um die Nacht eines erotischen Gedichts handeln, die Nacht des Todes der Mutierten und Deformierten, die Nacht der mitfühlenden Worte eines Menschen am Rande des Todes

    Keineswegs darf das als Verurteilung und Kritik der Mutation und Deformation eines Pferdes an der Mutation und Deformation einer Epochengattung behandelt werden und ebenso wenig als Vorwand und Grund für die Nachsicht der Mutation und Deformation eines Pferdes mit sich selbst

    Daher, ach Pferd, bitte setze meine Mutation und Deformation fort

    Ich bin durch dich mutiert und deformiert und dadurch moralisch minderwertig und billig geworden
    Ich habe mich durch Mutation und Deformation in dich verwandelt und deshalb Diebstahl und Ehebruch begangen

    Ich habe Vermögen gestohlen und Jungfrauen entehrt
    Ich habe Macht gestohlen und bin mit Gleich- wie Andersgeschlechtlichen fremdgegangen
    Ich habe Ruhm und Ehre gestohlen und bin mit dem Zeitalter fremdgegangen
    Ich habe Mutationen gestohlen und bin mit den Deformationen fremdgegangen
    Ich habe Kaffee gestohlen und bin mit Brüsten fremdgegangen
    Ich habe Verszeilen gestohlen und bin mit Gebärmuttern fremdgegangen
    Ich habe die Zukunft gestohlen und bin mit dem Sternenhimmel fremdgegangen

DIE NEUNTE NACHT | 72
Das Kapitel vom Pferd

Ich, der Räuber und Geliebte eines Jahrhunderts
Daher muss ich vor meinem Tode meinen Ruf und meinen Ruhm
genießen

30.12.2007, 07:54
USA, Newport Beach

Neunte Nacht
DER TOD DES PFERDES

Pferd, in Wahrheit wirst du längst als Todes-Symbol betrachtet
Intelligent, schlau, barbarisch und mit grenzenlosem Sexbedürfnis

Weil du ein Pferd bist, sind all deine sexuellen Aktivitäten auf den ersten Blick als freiwillig erkennbar und können bis ins Detail studiert werden

Daher hat sich ein Pferd freiwillig in mein Ich mutiert und deformiert, mit anderen Worten, ich bin freiwillig zur Mutation und Deformation eines Pferdes geworden

Unsere gemeinsame Besonderheit liegt in der Anbetung der Sexualität, in der Gier und bedenkenlosen Anwendung der Mittel sowie der völligen Unbekümmertheit gegenüber Regel und Etikette

Wir glauben, dass der innerste Antrieb für unseren Wunsch nach gegenseitiger Mutation und Deformation im Streben nach immer mehr sexueller Besitzergreifung und sexuellem Genuss liegt

Und dazu glauben wir, dass sämtliche Formen des Fortschritts und des Gedeihens eines Zeitalters und einer Gattung der Stimulierung des Kopulationsmarktes großartige Perspektiven eröffnen

Unter dieser Perspektive müssen wir unser Augenmerk auf die Mutation und Deformation der damit zusammenhängenden Forschungsergebnisse und Morallehren richten

Was bedeutet, wir müssen zunächst in ein Pferd mutieren und deformieren, um das öffentliche Recht auf alle hetero- und homosexuellen Praktiken zu erhalten, und so durch die Forschungsergebnisse und Morallehren des körperlichen Rechtes auf freie Kopulation der Gattung den Schutz des angemessenen Gebrauchs der Geschlechtsorgane gewährleisten

Anschließend müssen wir mithilfe der Mutation und Deformation des Pferdes mutieren und deformieren, um des Genusses willen und um das wahre Ziel materiellen Gedeihens und des Fortschritts des Zeitalters zu beweisen, was bedeutet, wir können und dürfen niemals wieder moralische Minderwertigkeit und Schamlosigkeit durch Gesetze oder kulturelle Arrangements diskriminieren

Macht es, wie ihr wollt, wenn ihr überschüssige Mutation und Deformation zur Verfügung habt, führt diesbezüglich eine rigorose akademische Untersuchung durch

Ich dagegen bin ein wenig müde und erschöpft, sodass ich das Glück der Impotenz genieße

Ich gebe zu, das Ausmaß meines Reichtums und die Tatsache des allgemeinen Aufkommens von Mutation und Deformation gibt meinen Ausschweifungen eine Perfektion, die ausreicht, um mich auf mir bis dato unvorstellbare Weise degenerieren zu lassen

Wer ist bereit, mich zu töten auf dem Grunde der Kanalisation?

Durch einen neuen Tagore oder Foucault
Durch einen neuen Kinsey oder Ginsberg
Durch ein neues „Howl"[25] oder einen neuen „Traum der Roten Kammer"[26]

Durch eine neue Frau oder einen neuen Mann
Durch ein neues Zeitalter oder eine neue Gattung
Durch eine neue Kopulation oder eine neue Impotenz

Weiß Gott umständlich, dieser Prozess des Sterbens

Überleg mal, da du am Ende sowieso keinen Gentleman und keine Theorie umbringen kannst, wird dir nichts übrigbleiben, als das Ziel deines Massakers zu zerfetzen

Auch wenn du nach Art und Vorgehensweise von Auschwitz ein moralisches Urteil über ein Zeitalter und eine Gattung fällst, wie willst du selbst mit unbeschränkten Fähigkeiten mir nichts dir nichts die hochragende, robuste Erscheinung eines aufgerichteten Pferdepenis beseitigen?
Dir wird nichts übrigbleiben, als mit den einzigartigen Wushufähigkeiten eines „Li mit den Fliegenden Messern"[27], die Augen fest auf den Hosenschlitz des erstbesten Gentlemans, Aristokraten, Dichters oder Don Juans zu richten, um auf der Stelle jede sexuelle Erregung jenseits der moralischen Grenzen zu kappen
Das sind die Gedanken und Urteile der Mutation und Deformation eines Pferdes in der neunten Nacht

Bevor der Kaffee noch weiter erkaltet, lasst mich, geschätzte Freunde mit Geschlechtsorganen, ein letztes Mal als Mutation und Deformation eines Pferdes den Vorgang und das Ergebnis meines Sterbens beschreiben

Kastration ist die präferierte Art des Sterbens, das Ergebnis ist das allgemeine Ausbrechen von Impotenz und die dadurch herbeigeführte ausschweifende Sexualmoral
Sich die Kehle durchzuschneiden ist die zweitbeste Art des Sterbens, das Ergebnis sind Mutationen und Deformationen der Kanalisation, die an die Oberfläche steigen und auf den Straßen demonstrieren und protestieren
Sich erdrosseln ist die unbedingt auszuschließende Art des Sterbens, das Ergebnis wäre der Verlust von Lebens- und Antriebskraft der Gattung eines Zeitalters

DIE NEUNTE NACHT
Das Kapitel vom Pferd

Ehebrecherische Mutationen und Deformationen dürfen an meiner Massakrierung weder teilnehmen noch ihr zusehen

Anständige Mutationen bzw. Deformationen dürfen an meiner Massakrierung weder teilnehmen noch ihr zusehen

Mutationen und Deformationen außerhalb von Mutationen und Deformationen dürfen an meiner Massakrierung weder teilnehmen noch ihr zusehen

Gattungen von Zeitaltern außerhalb der Gattung eines Zeitalters dürfen an meiner Massakrierung weder teilnehmen noch ihr zusehen

Darüber hinaus habe ich über ein anderes Zeitalter und eine andere Gattung kein Wort zur verlieren

Ich möchte nur sagen, ich bin angekommen, habe erfahren, habe bekommen
Daher bin ich heruntergekommen, habe herumgehurt, mich bastardisiert, meiner Fleischeslust gefrönt

Schaut sie euch an, diese unvorstellbare Mutation und Deformation eines Pferdes, die sich mit Sicherheit nicht aus den Annalen der Geschichte tilgen lässt

Keine Ahnung, was die übrigen Mutationen und Deformationen der Pferde sagen oder tun werden, da die Kopulationsfähigkeiten der Mutationen und Deformationen elektronisch gesteuerter Maschinenpferde mit Sicherheit riesige Fortschritte machen werden

Man stelle sich vor, Foucault und ich würden gemeinsam, von einem Transformer unter einen elektronisch gesteuerten Körper aus Titanium-Legierung gepresst, ejakulieren, ich würde zu keinem Orgasmus kommen, wie ich es auch anstellte

Das ist der entscheidende Grund, warum ich lieber getötet werden möchte

Was für ein Vergnügen an Degeneration und Minderwertigkeit bliebe denn noch, wenn man nicht mehr gegen Anstand und Moral zu Felde ziehen könnte?

Einen Schritt weitergedacht, welche Freude am Fremdgehen bliebe Ehebrechern und mannstollen Frauen?
Würde sich der Handel mit Jungfrauen überhaupt noch lohnen?
Würden Analverkehr und homosexuelles Kopulieren überhaupt noch Mitgefühl erzeugen?
Welche Mutations- und Deformationsbedeutung hätten die Mutation und Deformation eines Pferdes überhaupt noch?
Welchen Wert hätten die Weitergabe und Aufzeichnung der Geschichten und Anekdoten dieser neun Nächte?

Wahrscheinlich mache ich mir zu viele Gedanken und vergesse darüber, Sinnen-, Sexual- und Fleischeslust zu erwähnen
Dabei handelt es sich doch um die geistigen Grundpfeiler meiner Existenz, um meine selbstquälerische Rache eines Pferdes an der Mutation und Deformation eines Zeitalters und einer Gattung

Ich habe immer den Standpunkt vertreten, dass es besser ist, mit der Widerlichkeit einer Kanalisation seine Sinnen-, Sexual- und Fleischeslust an der Gattung eines Zeitalters auszuleben, als sich von den Theorien des post-post-moralischen Zeitalters tyrannisieren zu lassen

In diesem Arrangement muss man verdammtes Glück haben, um mich zu massakrieren, dabei ist es völlig egal, ob man sich der Atombombe, des Giftgases, der Moral, der Macht, des Geldes, der Fleischeslust bedient, völlig egal, solange man nur massakriert

Man kann es auch nach Art der amerikanischen Soldaten im Irak machen, zuerst meinen vierzehnjährigen Mädchenkörper vergewaltigen, um dann mit den Waffen einer mutierten und deformierten Zivilisation mich und meine Familie zu erschießen.

DIE NEUNTE NACHT
Das Kapitel vom Pferd

Mit diesem Arrangement sollte jeder, der mich abschlachtet, rundum zufrieden sein

Als mutiertes und deformiertes Pferd sollte ich von der Gattung eines anderen Zeitalters als Kind der Zivilisation der gegenwärtigen Epochengattung betrachtet werden
Daran hege ich nicht den geringsten Zweifel

Man muss darauf hinweisen: Der Tod eines mutierten und deformierten Pferdes bedeutet in keiner Weise die Eigenentscheidung eines Zeitalters und einer Gattung
Mehr noch, es bedeutet keine irgendwie geartete durch die Mutation und Deformation hervorgerufene Unzufriedenheit gegenüber einem Pferd
Erneut sei betont: Meine Mutation und Deformation erfolgte aus freien Stücken, was bedeutet, dass ich mich aus der Motivation und in der Rolle eines Pferdes an den unzähligen Kopulationen beteiligt habe

Meine Degeneration und moralische Verkommenheit erfolgten aus freien Stücken, was bedeutet, dass ich mit den Mitteln der Kanalisation sämtliche der Moral, dem Anstand und der Zivilisation zuwiderlaufenden Terrorakte durchgeführt habe

Meine Ermordung und mein Tod erfolgen aus freien Stücken, was bedeutet, dass ich mithilfe der Zeitspanne und des Kaffees von neun Nächten meine zu Lebzeiten begangenen Verbrechen gegen die Menschheit beschrieben habe

Ach Pferd, verzeih mir die einst in deinem Namen vollzogene Mutation und Deformation

Ach Jungfrau, vergib mir die mithilfe deiner Unberührtheit vollzogene Mutation und Deformation

Ach Gattung, nanometrisiere mich für die mithilfe deines Anstands vollzogene Mutation und Deformation

Ach Zeitalter, online mich für die mithilfe deiner Zivilisation
vollzogene Mutation und Deformation

Ach Penis, viagriere mich für die mithilfe deiner Potenz
vollzogene Mutation und Deformation

Ach Tod, tauche mich in Schwärze für die mittels deines Terrors
vollzogene Mutation und Deformation

Ach Pferd, verneunnächtige mich für die mittels deiner
Bedrängnis vollzogene Mutation und Deformation

Und am Ende, ach lange Nacht, gedenke meiner für die mittels
deines Gestanks vollzogene Mutation und Deformation

Und ganz am Ende, ach Gedicht, besinge mich für mittels
deiner Unvernunft vollzogene Mutation und Deformation

Und ganz, ganz am Schluss:

Scheiß drauf, bin ich nicht lediglich die Mutation und
Deformation einer mithilfe von Mutation und Deformation
vollzogenen Mutation und Deformation?

31.12 2007, 04:59
USA, Newport Beach

---

25. *Gedicht des US-amerikanischen Dichters Allen Ginsberg (1926 – 1997).*

26. *Klassischer Roman des Autors CAO Xueqin (1715 oder 1725 – 1763 oder 1764), Höhepunkt chinesischer Prosaliteratur.*

27. *Held des Wuxia-Romans des taiwanesischen Schriftstellers GU Long (古龙 , *1938) „Gefühlvolle Ritter, gefühllose Schwerter" (多情剑客无情剑).*

DIE NEUNTE NACHT
Das Kapitel vom Pferd

Nachklang

Sich mittels der Methode und einer Spanne von neun Nächten umzubringen, ist mit Sicherheit der schmerzhafte Entschluss der Mutation und Deformation eines Pferdes

Du kannst erwarten, dass sämtliche Nächte des Jahrhunderts, der Globalisierung, der Mutationen und Deformationen, außer den wundervollen, romantischen, kleinbürgerlichen neun Nächten, die Menschenköpfe mit Pferdegesichtern, die Schlangenkörper mit Fischflossen, die Entenschnäbel mit Hühnerfüßen, die Hundeohren mit Katzenaugen, die Literati-Gelehrten[28], die Immobilien-Betrüger, die Wertpapier-Manipulateure, die Spam-Mail-Betrüger, die Sklavenhalter illegaler Ziegeleien[29], die Handschellen O.J. Simpsons, die Besitzer der Kühlspeicher von Icheon[30], die Fotos des südchinesischen Tigers[31] sowie die künstlich an den Börsen hochgetriebenen Aktien von den neun Nächten ausgeschlossen werden müssen

Der Tod des Pferdes erfolgte lautlos, sodass nicht einmal Milan Kundera dazu gekommen ist, die Wellenlänge seines Todes zu erforschen

Ein abwärts und nach innen gerichteter Tod, auf die Zeit vor der Mutation und Deformation, vor dem Jahrhundert, vor der

Globalisierung, vor den Doha-Vereinbarungen[32], vor Zhuangzi[33],
vor Keynes, vor „Once Upon A Time in America"[34], vor „Conference
Call"[35], vor Hemingway, vor Haizi[36], vor GU Cheng[37], vor Bei Dao[38],
vor „Auf dem Weg in die Zukunft"[39], vor dem Muztag Ata-Gipfel[40], vor
„Buchhalter Huang"[41], vor dem Blog auf sina.com[42], vor dem Aussetzen
eines Hundes, vor dem Verzehr der Abalonen, vor dem Lösen des
Büstenhalters, vor dem Duschen nach einem Orgasmus, vor Benazir
Bhutto[43], vor der italienischen Müllkrise, vor Europas Kulturhauptstadt
Liverpool, vor dem Verbot von Plastiktüten, vor meinem Unwillen,
zum Sterben gedrängt zu werden[44], vor dem Ausbruch der Finanzkrise,
vor der Überflutung mit Finanzspritzen, vor der subprime mortgage
crisis[45], ein auf die Zeit vor der Aufwertung des Renminbi gerichteter,
kurzum ein auf alles und bevor allem gerichteter Tod

  Das ist eine durch Todessehnsucht gekennzeichnete Denkweise,
eine durch den Tod der Mutation und Deformation eines mutierten
und deformierten Pferdes gekennzeichnete Art und Weise des Sterbens

  Diese Art des Sterbens ist geeignet, raum-, zeit- und
grenzüberschreitend sämtliche Tode durch Blick auf den Hintern
jeder Leiche entsprechend der Qual des Todes und seiner tieferen
Ursachen zu unterscheiden, die geistige, kulturelle, philosophische,
psychologische, biologische, historische, militärische, zivilisatorische,
noble, moralische sowie meine, dem Pferd vor seiner Mutation
und Deformation vorangehende Art des Sterbens, dürfen nicht
dazugerechnet werden

  Sie können nach dem Tod erneut sterben, aber nicht mutieren
und deformieren

  Was soll das, witzlos, zum Sterben langweilig, extrem fad
  Diese Erfahrung des Sterbens trägt nicht das Geringste
zur Erfahrung des abwärts und nach innen gerichteten bösartigen
Vergnügens bei

  Das Pferd der neunten Nacht entspricht daher den historischen
Kategorien von Ewigkeit und Unsterblichkeit

DIE NEUNTE NACHT
Das Kapitel vom Pferd

Dabei ist es völlig unwichtig, von wem, auf welche Weise und mit welchem Ziel ich ermordet wurde

Tatsächlich sind wir, wenn wir den Mut aufbringen, uns ernsthaft damit zu beschäftigen, zum Schicksal des unvermeidlichen Todes verurteilt

Zu Beginn haben wir keine Ahnung und wollen es auch nicht wissen, wie wir sterben werden, jetzt sind wir bereits mit den verschiedenen Arten und geheimen Passagen des Sterbens vertraut und haben die Anziehungskraft des Sterbens entdeckt, daher muss jede Nacht mit dem Tod in Verbindung gebracht werden

In diesem Sinne ist die neunte Nacht die entscheidende für das Sterben, Morden, Sterben

Nichtmutierte und -deformierte Pferde oder Menschen gehören grundsätzlich nicht zu den sterblichen Arten

Dieses Tag und Nacht bzw. bei jedem Wetter anhaltende Warten auf den Tod ist nicht nur eintönig, sondern schließt auch die Möglichkeit der Mutation und Deformation aus
Dass die Mutation und Deformation eines Pferdes sich Gedanken über die bedeutende historische Tatsache der Mutation und Deformation des Menschen machen soll, ist etwas weit hergeholt

Nach der gewaltsamen Aufrichtung und Sinnentleerung von Hochhäusern wird jeder Gegenstand und jeder Gedanke, der über einen Innenraum verfügt, der perfekte Behälter für den Tod
In dieser Situation braucht man keinen Gedanken daran verschwenden, in welchem Stadium und auf welcher Position der Mutation und Deformation man sich befindet
Man kann sogar die Implikationen des globalisierten Zeitalters vernachlässigen
Man kann auch die Implikationen sämtlicher Implikationen von „Milosz ABC"[46] vernachlässigen

Ich nun, dieses Ich nach dem Tode des mutierten und deformierten Pferdes, trete in einen durch unterschiedlichste Arten des Todes verursachten Prozess des Vernachlässigens und Vergessens ein

Jedes Mal wenn ich mithilfe eines Jahrhundert-Bluetooth die an das folgende Jahrhundert bzw. die Epoche der Post-Globalisierung adressierten Todesanzeigen bzw. Todes-Einladungen versende und die vertrockneten Pappeln am Nachthimmel auftauchen sehe, vollzieht sich mittels des abgestorbenen Astwerks, der abgestorbenen Sexuallust, der abgestorbenen Fleischeslust, der abgestorbenen Sinnenlust, des abgestorbenen Szenarios der Globalisierung eine in gewissem Sinne tiefe Veränderung

In diesem Moment bemerke ich endlich gemeinsam mit mir und uns, dir und euch, allen und allem das kollektive Bild der Niedrigkeit in der Vornehmheit, der Fleischeslust in der Sinnenlust, der Armut im Überfluss, des Todes im Tod

Zum Beispiel:
ich und wir, du und ihr, alle und alles haben gemeinsam Gott verraten, und anschließend mich und uns, dich und euch, alle und alles

Zum Beispiel:
ich und wir, du und ihr, alle und alles haben gemeinsam ein Mordkomplott gegen Gott geschmiedet und anschließend eines gegen mich und uns, dich und euch, alle und alles

Das beweist, dass jedes Kollektiv und jede Rasse ein verborgener Mörder und Schädling des Zeitalters sein kann

Das bedeutet, jedes Kollektiv und jede Rasse kann das versteckte pathologische Gen der Globalisierungsbewegung sein

Darin die Rolle einer langen neunten Nacht zu spielen, reicht daher allein nicht aus, die epochale Wirkung und die Globalisierungsmerkmale der Mutation und Deformation wiederzugeben und zu beweisen

DIE NEUNTE NACHT
Das Kapitel vom Pferd

So hat zum Beispiel dieses in der Kaffeebar der Hotellobby auf- und abwandernde Mädchen mit deiner Mutation und Deformation nichts zu tun, sie verschwendet keinen Gedanken an die Erregungen deiner Sinnen-, Sexual- und Fleischeslust und wird vor Begleichung der Rechnung nicht im Geringsten auf die sexuellen Erfahrungen und moralischen Nöte eines Pferdes achten

Vor dem 22. Jahrhundert wird keine Rechnung beglichen

Vor der Post-Globalisierung wird keine Rechnung beglichen

Vor dem Sterben des Todes wird keine Rechnung beglichen

Vor der neunten Nacht nach der neunten Nacht wird keine Rechnung beglichen

Keiner

absolut keiner

wird

die Rechnung

begleichen

13.01.2008, 11:13
Beijing, Café im Jadespalace-Hotel

---

28. *Vertreter der nach klassischen, konfuzianischen Prinzipien ausgebildeten Bildungsschicht der vormodernen chinesischen Gesellschaft, aus der sich auch die politische Elite rekrutierte.*

29. *Im Mai 2007 meldeten sich nach der Verhaftung der Betreiber einer Ziegelei und der Befreiung von zehn Wander- und Kinderarbeitern in der Provinz Shanxi mehr als hundert Eltern im Internet auf der Suche nach ihren verschwundenen Kindern. Der Fall erregte landesweites Aufsehen, die Führung des ZK der KPCh verlangte eine Entschuldigung des Provinzgouverneurs und die Bestrafung der Schuldigen. 95 Funktionäre der Provinz wurden gemaßregelt.*

30. *Am 7.Januar 2008 ereignete sich in der südkoreanischen Stadt Icheon aufgrund vernachlässigter Sicherheitsbestimmungen beim Schweißen in einem Kühlspeicher eine Explosion mit anschließendem Großfeuer, mit 50 Toten, darunter 12 Chinesen.*

31. *Am 12.Oktober 2007 verkündeten die Forstbehörden der Provinz Sha'anxi, man habe einen südchinesischen Tiger entdeckt, und veröffentlichten ein angeblich von einem Dorfbewohner geschossenes Foto des Tieres. Die Nachricht löste landesweit Aufsehen, Skepsis und heftige Debatten aus. Spätere Untersuchungen ergaben, dass das Foto gefälscht war.*

32. *Im November fand in Doha, der Hauptstadt von Katar, die vierte Handelsminister-Konferenz der WTO statt.*

33. Chinesischer Philosoph (369 – 286 v.Chr.), Mitbegründer des Daoismus.

34. Amerikanischer Spielfilm aus dem Jahr 1983, letzter Teil der Amerika-Trilogie des italienischen Regisseurs Sergio Leone, erzählt das Hineinwachsen von vier jüdischen Jugendlichen in die amerikanische Unterwelt zwischen den 20er- und 60er-Jahren des letzten Jahrhunderts.

35. Film des chinesischen Regisseurs Feng Xiaogang aus dem Jahr 2007 über Lebensschicksale und heroische Taten kleiner Leute im antijapanischen Krieg.

36. Haizi (海子 , 1964 – 1989), eigentlich Zha Haisheng, bedeutender Lyriker der „Dunklen Schule" in den 1980er-Jahren, auch Prosaschriftsteller und Dramatiker. Beging im März 1989 Selbstmord.

37. GU Cheng (顾城 , 1956 – 1993), bedeutender Lyriker der „Dunklen Schule", auch Prosaschriftsteller und Verfasser von Kinderliteratur. 1987 Übersiedlung nach Neuseeland, 1992 einjähriger Aufenthalt in Deutschland. Beging im Oktober 1993 Selbstmord.

38. Bei Dao (北岛 *1949), bekanntester Vertreter der nach-kulturrevolutionären Lyrik, 1978 Gründer der wichtigen Untergrund-Zeitschrift „heute". 1989 Emigration nach Schweden. Lebt heute abwechselnd in Schweden und Beijing.

39. „Auf dem Weg in die Zukunft" (走向未来), zwischen 1984 und 1988 herausgegebene Buchreihe mit wichtigen Texten zeitgenössischer chinesischer Intellektueller, Akademiker und Literaten. Hatte großen Einfluss auf das intellektuelle Leben der 1980er-Jahre.

40. Muztag Ata, Berg in Chinas nordwestlicher Provinz Xinjiang (Sinkiang), Höhe 7745 m, der Name bedeutet auf Tadschikisch „Vater der Gletscher".

41. Buchhalter Huang: Der Autor dieses Buches (eigentlicher Name HUANG Nubo) arbeitete in den Siebzigerjahren des letzten Jahrhunderts als Buchhalter in einer Produktionsbrigade in einem Vorort von Yinchuan, der Hauptstadt der Provinz Ningxia. 2005 veröffentlichte er seine Erinnerungen an diese Zeit.

42. Zwischen November 2004 und Januar 2005 führte der Autor auf der Website sina.com einen Blog.

43. Benazir Bhutto (1953 – 2007), 1988 – 1990 Ministerpräsidentin von Pakistan, fiel am 27.12.2007 einem Attentat zum Opfer.

44. Titel eines Gedichtes des japanischen Dichters Shuntarou Tanikawa (*1931) aus dem Jahr 2005.

45. Überbewertete Immobilien als Basis von „faulen" Bankkrediten in den USA, mitauslösender Faktor der Finanzkrise von 2007.

46. Memoiren des polnischen Dichters Czeslaw Milosz (1911 – 2004).

II. Das Kapitel von der Katze

Chronik der Hochzeitsnacht der Katze und ihres Todes

DIE NEUNTE NACHT
Das Kapitel von der Katze

Vor Einbruch der Nacht

Gegenwärtig versteckt sich meine Begierde in einem Winkel des 21. Jahrhunderts

Nach der Vorstellung des Kätzchens ein schlichtes und geordnetes Dasein

Den zerstreuenden Gedanken der Sinnenlust muss man gewissenhaft begegnen und sie im Keim ersticken

Um als Ausdruck geistiger Höhe den Eindruck von Geschmack und Noblesse zu erwecken

Was bedeutet, dass man auf keinen Fall in den toten Winkeln von Straßen und Gassen einfach herumkopulieren darf

Katzen sind Katzen, Menschen sind Menschen

Jeder möchte zur guten Katze und zum guten Menschen einer blühenden Epoche werden

Niemand sollte zum Beispiel nach dem Vorbild erotischer Gedichte zügellos seine sexuellen Triebe austoben

Man muss darauf bestehen, dass auch im 21. Jahrhundert Mitgefühl und Gerechtigkeit und gelegentlich innige Liebe existieren

Z.B. musst du einem gefleckten Kätzchen, das du innig liebst und nach dem auch zahlreichen Lüstlingen insgeheim der Sinn steht, Aufmerksamkeit schenken und emotionale Anleitung angedeihen lassen

Auf keinen Fall darfst du es nach Art eines Kater-Bastards ruckzuck entführen und anschließend wegwerfen

Ich weiß, dass ich für das 21. Jahrhundert nach den Vorstellungen einer Katze nicht mehr bin, als ein unbedeutender Sesselfurzer

Keiner nimmt dich wichtig

Auch keine Katze

Du mühst dich, heimlich an verbotenen Früchten zu naschen, Affären zu haben und zu kopulieren, von morgens bis abends

Da schau her, du bist doch noch in der Lage, dich in ein unglaublich süßes geflecktes Kätzchen zu verlieben

Ach, geflecktes Kätzchen

Diese Straßen und Winkel des Trubels und der Vergnügungen stecken voller Fallen und Komplotte

Auch ich habe betrogen, auch ich habe gejagt, auch ich gehöre zu den schlechten Katzen und schlechten Menschen

Auf dem Tiefpunkt meines durch Untätigkeit und extreme Langeweile herbeigerufenen Überdrusses an allen Formen dieses erbärmlichen Lebens habe ich mich innig in ein geflecktes Kätzchen verliebt

Katze, wie bist du gefühlvoll, unzuverlässig, einsam, hinterlistig, geschaffen für ein Leben im Dunkel

Außerdem schmeichlerisch, hybrid, brutal, angepasst an vornehmste wie niedrigste Umgebungen

Vor allem ein am ganzen Körper von dunklen Narben übersäter alter Schurke von Spitzen-Kater wie ich, hat alle Voraussetzungen, sich in einem neuen Jahrhundert zügellos auszutoben

Und so habe ich mich in dich verliebt

Ein entsetzliches und hinreißendes Märchen

Die emotionale Geschichte nach einer Katze

Jedermann weiß, wie es im heutigen Leben zugeht

Aber es ist völlig unvorstellbar, ein geflecktes Kätzchen, in das man sich verliebt hat, schützen zu wollen

Als ob ein Lustmolch schwören würde, auf den Pfad der Tugend zurückzukehren, um eine Jungfrau zu schützen

Ihr könnt euch vorstellen wie kompliziert und schwierig das ist

Aus der Sicht einer Katze gieren wir alle danach, zu Schmusetieren hochrangiger und edler Menschen zu werden, was vor allem bedeutet, unsere Selbstständigkeit aufzugeben

Aus der Sicht der menschlichen Gesellschaft sind wir alle zu beliebiger Paarung fähige Tiere, was zwangsläufig bedeutet, jede höhere Regung aufgegeben zu haben

Wie leicht kann so ein geflecktes Kätzchen seine Jungfernschaft verlieren

Ich gestehe, ich bin verrückt nach jungfräulichen Körpern

Ich muss natürlich klarstellen, nach dem jungfräulichen Körper von Katzen, dem Körper jenes gefleckten Kätzchens

Ich fürchte die Grobheit und Vulgarität von Katzen, die ihren jungfräulichen Körper verloren haben

Ich fürchte ihre spitzen Zähne und scharfen Krallen, mit denen sie ihren Jahrhunderthass über ihre Entjungferung austoben

Ich bin ich, ich möchte keine Katzen und keinen Menschen reizen

Ich habe keine Lust, auf diesem so holperigen Lebensweg in Schwierigkeiten zu geraten

Ich habe keine Lust, von irgendeiner Katze als hundertundeinster Liebhaber adoptiert zu werden

Das ist das Problem der Katze und damit auch meines

Das sind die fleischlichen Gelüste der Katze und damit auch meine

Stell dir vor, während du nach der morgendlichen Dusche dein Glied abtupfst

Mustert dich im Spiegel eine lustgetriebene Katze von oben nach unten, und berechnet auf die Sekunde genau den geeigneten Zeitpunkt, dich anzuspringen

Du wirst doch verrückt vor Angst

Nur Katzen können den eigenen Anus und die eigenen Geschlechtsorgane lecken

Ich mache daher natürlich alle Arten von anstößigen Bewegungen

Ich muss mich daher dauernd ermahnen, meine fleischlichen Impulse zu unterdrücken

Um nicht allzu niedrig zu erscheinen und Aufmerksamkeit zu erregen

Als Mensch muss man wissen, was sich gehört

Als Katze, als Hund muss man seiner Natur folgen

Daher, mein geflecktes Kätzchen, kannst du dich an meine Brust schmiegen

Es regnet, der Wind weht, die Menschen führen Krieg

Die Hunde werden toll, die Pferde galoppieren, die Mäuse sind betrunken

Du kannst dich nur an meine Brust schmiegen

Mich ansehen, dich an mich klammern, mir ein Küsschen geben, mich wärmen, mir ins Ohr flüstern, mich trösten, mir aufmerksam zuhören, mich begehren, mich zerfetzen, mich um den Verstand bringen

Wer ist nach Foucault noch in der Lage, sich anzuklammern?

Wer ist nach dem 21. Jahrhundert noch in der Lage, zu wärmen

Eine Katze ist nur eine Katze

Die Welt ist nur die Welt

Man muss mit allen Mittel verhindern, dass der Katze Flügel wachsen

Eine fliegende Katze kann die Welt nicht anders aussehen lassen

Die Katze erhebt ihren Gesang, tanzt Schmetterlingsschatten, spaziert im Mondschein, spielt grausame Spiele, bemitleidet sich, lehnt sich ans Kopfende des Bettes, schmiegt sich an die Brust, legt sich Rouge auf, und so bin ich verrückt vor Leidenschaft für ein geflecktes Kätzchen

Auch wenn es eine Katze ist

Und so sind wir doch wieder Täter

Und so dürfen wir nicht zulassen, dass mein geflecktes Kätzchen erneut zum Opfer wird

Beispielsweise, es darf nicht entführt werden

Nicht als Sexsklavin des Jahrhunderts erniedrigt und verletzt werden

Nicht mit Gewalt in Besitz genommen werden

Nicht als Zweitfrau korrupter Beamter in luxuriösen Apartments versteckt werden

Nicht zum Handelsobjekt werden

Nicht als Ausschussware der Gesellschaft zu ständig herabgesetzten Preisen per Express-Service verschickt werden

Nicht zum Gruppensex benutzt werden

Nicht als Beigabe von Swingerklubs zum Sexspielzeug werden

Nicht als Aushängeschild benutzt werden

Nicht als Ware im Sex-Supermarkt feilgeboten werden

Nicht entjungfert werden

Nicht als knappe Ressource der Marktwirtschaft zu Höchstgebot-Preisen erworben werden

Unter den o. a. Bedingungen kann mich niemand als zu anspruchsvoll tadeln

Überleg doch, darauf zu verzichten, ein korrupter Beamter zu werden, zeugt doch von echtem Gefühl

Ich muss schließlich für eine Epoche etwas zurückbehalten

DIE NEUNTE NACHT
Das Kapitel von der Katze

        Ich kann doch nicht wie alle Welt einfach darauf warten, mit Robotern zu vögeln
        Oder mittels Online-Bestellung gemeinsam mit Hunderten von Millionen Menschen oder Katzen den Orgasmus genießen
        Irgendeiner, sei es Mensch oder Katze, muss doch zu irgendeinem Moment irgendeinem Zeitalter den Rücken kehren
        Damit wenigstens noch ein Rest von Romantik bleibt
        Schluss damit, ich bin auch nur eine Katze
        Und außerdem absolut kein Engel
        Aber ich habe mich schließlich verliebt
        Obgleich das kein Ruhmesblatt und kaum der Rede wert ist
        Aber dieses gefleckte Kätzchen ist so rein und süß
        Dass es sämtliche erwachsenen, sämtliche alten Katzen und Kater minderwertig und wie einen Haufen Scheiße aussehen lässt
        Das ist es, was ich über die Katze zu sagen habe
        Oder eine Metapher für das Vorspiel des Liebesaktes mit einer Katze
        Davor sollten wir Respekt haben
        Und vor dem Jahrhundert salutieren
        Egal, ob du gemäß den Vorstellungen einer Katze oder eines Menschen existierst und den Liebesakt vollziehst
        Du musst bis zur neunten Nacht warten, um hinsichtlich des Verlustes der Jungfernschaft ein Fazit zu ziehen und Folgen zu bemerken
        So sind Katzen, Katzen sind nun mal so
        Also gut
        Jedermann und du soll bitte zunächst den Hosengürtel fester schnallen
        Um in neun Nächten alle sinnlichen Begierden und Fantasien zu befriedigen
        Vorhang auf

01.01.2008, 04:16
USA, Newport Beach

Erste Nacht
DIE TRÄNEN DER KATZE

Mein Herz ist erfüllt von Süßigkeit
Stell dir vor, es ist tatsächlich das 21. Jahrhundert
Ein herumstromernder alter Kater, mal bösartig mal aufrecht, mit unzähligen Liebesabenteuern, erfüllt von dauerhafter Zuneigung
Was beweist, dass dieses Jahrhundert noch Daseinsberechtigung und Bedeutung besitzt
Meine Gedankenfetzen gehen natürlich von einem vor-zivilisatorischen und vor-kulturellen Konzept aus

Weil ich seit Langem davor zurückscheue, gebildet, weibisch und geziert zu erscheinen
Und daher nur verborgen im Innern Strophen sentimentaler und romantischer Gedichte rezitiere
Ich werde zum Beispiel auf keinen Fall in meinem Blog Fragen von Treue und Liebe diskutieren
Um zu verhindern, mit Mu Zimeis erotischem Tagebuch verlinkt zu werden
Und ich habe auch nicht den Mut, in Form von Gedichtzeilen die von mir angebetete langhaarige junge Frau zu besingen
Um zu verhindern, von den Netizen den Pädophilen und Perversen zugerechnet zu werden

DIE NEUNTE NACHT
Das Kapitel von der Katze

Obgleich ich das Bett, die Nacht und Stallfütterung schätze
Schätze, von zarter Hand sanft bis zum Morgengrauen gestreichelt zu werden
All dieses gehört zu meinen Geheimnissen und zum Recht auf Privatheit
Dennoch, ich bin auch eine Katze, nicht anders als alle Katzen
Sag selbst, müssen wir nicht von diesem Jahrhundert und diesem Leben genervt sein?

Doch am Ende unterschied sich eine Nacht von allen anderen, obwohl sich der Sternenhimmel, der Mondschein, die Lichter, der Verkehrsstrom, die Betrunkenen, Sexualverbrecher, Polizisten, das Kopulieren oder Herumlungern der Katzen und Kater in nichts von anderen Nächten unterschied
Ich war wie immer sexuell erregt, hatte aber keine Lust, von ein paar läufigen Katzen aufgegriffen und von ihnen gemeinsam vernascht zu werden
Auf der Flucht davor bin ich zufällig auf dich gestoßen
Mein Gott, du, ein geflecktes Kätzchen, ein verschrecktes Engelchen, umwerfend reizvoll, langhaarig, schimmernde Tränen in den Augen, ängstlich dahintrippelnd, scheu um sich blickend
Wahrhaft eine Begegnung, die einen Schurken, eine bösartige Katze, ein Jahrhundert dazu bringen konnte, den Weg des Lasters zu verlassen und auf den Pfad der Tugend zurückzukehren
Im Anschluss daran begann ich, mich jeden Tag zu baden, eine neue Seite in meinem Leben aufzuschlagen und den Leuten gerade in die Augen zu sehen

Deine Tränen habe ich seither sorgsam aufbewahrt, sodass mir selbst die Augen feucht wurden
Ich habe dich vorsichtig in den Arm genommen und gestreichelt und mich überkam eine zuvor nie gekannte Süße und Ruhe
Ich hegte reine Absichten, Punkt um Punkt habe ich dir erklärt, in was für einem Jahrhundert du dich befindest
Um zu verhindern, dass du deine naiven Mandelaugen aufreißt und allzu erschrocken deinen duftenden Kirschmund öffnest
Mir ist klar, dass auch aus dir eines Tages eine männerverschlingende Katze, ein Vamp werden wird

DIE NEUNTE NACHT
Das Kapitel von der Katze

Mir ist klar, dass wir nun mal Katzen sind, aus denen keine wohlerzogenen Fräuleins und Gentlemen werden

Einer Epoche eines nie dagewesenen Überflusses mangelt es nicht an Fleisch, an Sex, an Geld, an Wind, an Regen, an Menschen, an Hunden, an Katzen, vor allem fehlt es an nichts

Es ist das silberne Zeitalter für eine Katze, jeder kann nach Herzenswunsch kopulieren

Aufgrund des Fortschritts von Wissenschaft und Technologie und der Grenzüberschreitung der Zivilisation können sogar Menschen und Katzen ihre Gene neu zusammensetzen, um ihren Kopulations-Bereich zu erweitern

Wirklich ein guter Moment, sich zu Tode zu vergnügen, ein gutes Leben zu führen und schönen Träumen nachzuhängen

Welche Katze möchte diese Chance verpassen, selbst wenn es sie das Leben kostet?

Hab mich müde geredet, geflecktes Kätzchen, leg deine kleine Hand in meine

Ich schwöre im Namen der Katze, nie werde ich, bevor sich die Welt auf noch schrecklichere Weise verändert, deine jungfräuliche Reinheit beflecken

Nie werde ich zum Beispiel, anders als dieser Foucault, auf selbstquälerische Weise Rebellion gegen die Gesellschaft verkünden

Nie werde ich, anders als dieser korrupte Funktionär, durch Zwangskauf hundertacht Frauen sexuell missbrauchen

Nie werde ich, anders als diese weiße Katze, in den Ehebruch mit der hundertachten Katze einwilligen

Täglich in der Morgendämmerung werde ich für dich weiße Lilien pflücken, Chrysanthemen, Rosen, Pfingstrosen, Orchideen, Vergissmeinnicht, Mimosen, Iris, Gardenien, Gipskraut, Wegerich, rote Päonien, Tulpen, Japanische Iris, Paradiesvögel, etc. etc.

Denn du bis die Seele all der Blumen, denen ich je begegnet bin

Das bedeutet, du bist das tödliche Element, das mir tiefe Sehnsucht und den Verlust meiner Sinne verursacht

Daher werde ich dieses Jahrhundert nie wieder in Grund und Boden verfluchen

Und nie wieder Groll gegen dieses allzu materialistische, ja sogar allzu niederträchtige Leben hegen

Die Begegnung mit dem Glück befreit die Seele
Daher sollten wir durch bescheidenes und zurückhaltendes Auftreten den Eindruck moralischer Größe erwecken

Ich weiß nicht, welche von all diesen Blumen und Düften dir gefallen
Aber was mich betrifft, so bin ich bereit, für dich zu verdorren und zu sterben

Ich möchte wie die Halme des Riedgrases in der lange vergangenen Kindheit für dich aufkeimen, grünen und üppig heranwachsen, um dann Halm für Halm nach dem Dahinwelken für dich zu sterben
Auch dann wird das Schilfrohr auf dem See unter der Wintersonne die Zeiten überdauern und vor deinem Angesicht schimmernd sich stürmisch im Winde wiegen
In dieser Verfassung sind unzüchtige Menschen und schamlose Katzen in der Lage, in ihrem Leben neue Seiten aufzuschlagen und sich von Grund auf zu ändern
Vielleicht ist das die Frohe Botschaft dieses Jahrhunderts

Ich verberge nicht, dass mich deine Zerbrechlichkeit beunruhigt
Vor allem versetzt mir die Habgier, Eifersucht, Verschlagenheit, der rücksichtslose Egoismus, die Jagd dieser alten Katzen nach sexuellen Affären, ihre zur Schau gestellte Wohlanständigkeit, grenzenlose Verlogenheit, ihr exzessives Kopulieren, ihre gnadenlose Geldgier und dass sie vor Inzest nicht zurückschrecken, einen Stich ins Herz
So weit, dass ich deshalb noch tiefer in den Schmutz sinke und mich weigere, die Existenz von Gefühl und Treue anzuerkennen
Ich weiß, das ist Ausdruck einer moralischen Befreiung von Selbstanklage und Selbsthass, von Reue und Selbstliebe
Aber was kann man machen, ich kann schließlich nicht allein die Verantwortung für ein Zeitalter und eine ganze Welt auf mich nehmen

DIE NEUNTE NACHT
Das Kapitel von der Katze

Weil ich reich bin und es bleibe, bin ich auf der sicheren Seite und werde es bleiben

In dieser Konstellation hat das moralische Urteil absolut keine Bedeutung und keine Wirkung mehr

Mithilfe einer kleinen gefleckten Katze sich erfolgreich von sich selbst, bzw. von einem unzüchtigen, bösartigen, gefährlichen, mörderischen alten Kater zu erlösen, ist wirklich ein erstaunlicher Vorgang

Stell dir vor, eine Träne weckt im Menschen plötzlich den Wunsch, Rotz und Wasser zu heulen, das heißt doch wohl, dass niemand, ob Mensch oder Katze, in der Lage ist, Gefühle gänzlich auszulöschen

Oder ist es Ausdruck von Reue über die maßlos gewordene Gier, sei es von Menschen oder Katzen?

Ich glaube, wir sind höchstwahrscheinlich noch nicht auf das tiefste Niveau der Verkommenheit herabgesunken

Die Menschen werden sagen, ihr Katzen, ihr seid nun mal Katzen, daher haben wir für eure Gier und euren Inzest Verständnis

Die Katzen werden sagen, ihr Menschen, ihr seid nun mal Menschen, daher kennen wir eure Schamlosigkeit und Grausamkeit

Ihr stellt uns zum Beispiel mit Arglist Fallen, um uns zu ergreifen und durch Sterilisation dafür zu sorgen, dass wir kollektiv die Fähigkeit sexuellen Begehrens und Kopulierens verlieren

Ihr dagegen, vollführt am Kopfende unserer Betten Vergewaltigung und Ehebruch, sogar den Tausch von Ehefrauen

Ihr aber schlachtet uns in Massen ab, um das erlesene Ambiente eures Geschlechtsverkehrs zu schützen

Das ist der Grund für die angstvollen Tränen meines gefleckten Kätzchens

Weil es kein Paradies mehr gibt
Gibt es auch keine Hölle mehr
Weil es keine Hölle mehr gibt
Gibt es auch keine wohlerzogenen Frauen mehr
Sobald die Moral ihre Kraft verloren hat, Urteile zu fällen, wird der Kern der Zivilisation zu einem impotenten Penis

Ich möchte wirklich nicht mehr über meine Liebe zum kleinen gefleckten Kätzchen reden

Meine Gefühle versetzen mich jetzt schon Nacht für Nacht in tiefe Rührung
Zu meiner Überraschung halte ich ohne alle abwegigen Gedanken ihr Gesichtchen in meinen Händen
Zu meiner Überraschung bedecke ich ihr Mündchen mit keuschen und reinen Küssen
Zu meiner Überraschung widerstehe ich wie ein hochanständiger Mensch dem Wunsch, mit diesen lasziven und verdorbenen Katzen herumzuvögeln
Liebe, ach du kehrst zurück
In eine materialistische Epoche, in eine marktwirtschaftliche Gesellschaft, in eine mit Wolkenkratzern zugepflasterte Metropole, in die globalisierte Falle der Trennung in Arm und Reich

Das ist erst die erste Nacht des 21. Jahrhunderts
Diese erste Nacht lässt das 21. Jahrhundert in schönstem Licht erscheinen
Ach erste Nacht, ich bin deine spirituelle Jungfrau, von Rührung übermannt durch eine Träne, vor Rührung tränenüberschwemmt

Ich bin Katze, deshalb ist die Geschichte dieser Nacht erfüllt von Legenden
Ich bin ein Kater, deshalb sind die Legenden dieser Nacht erfüllt von Katzenaroma
Ich bin ein alter Kater, daher ist das Katzenaroma dieser Nacht erfüllt von Gewissensbissen
Ich bin ein liebender Kater, daher sind die Gewissensbisse dieser Nacht erfüllt von Reue und Hass
Ich bin ein in mein kleines, geflecktes Kätzchen verliebter Kater, daher sind Reue und Hass dieser Nacht erfüllt von Aufrichtigkeit
In Ordnung, das soll genügen, über diese Nacht zunächst so viel

02.01.2008, 01:46
USA, Newport Beach

Zweite Nacht
DIE KOKETTERIE DER KATZE

Weil ihr keine Katzen seid, könnt ihr euch keine Vorstellung vom Terror und der Verabscheuungswürdigkeit einer läufigen Katze, insbesondere jener erwachsenen oder alten Katzen machen

Sagen wir so, erst wenn du das Pech hast, von ihr aufs Bett gezerrt zu werden, es kann auch die Küche, die Garage, auf dem nackten Boden oder sonst irgendwo sein, wirst du wissen, wie es sich anfühlt, vollkommen ausgelaugt, zu Tode erschöpft zu sein

Schau sie dir an, rund wie eine Kugel, Haare überall, schlaff herunterhängende Brüste, Arme und Beine umklammern dich wie Fesseln, kein Kater auf dieser Welt kann hoffen, ihnen zu entkommen
Bedauerlich und traurig, kein Kater ist fähig, seinem Schicksal zu entrinnen
Doch wir sind Katzen und verzichten deshalb nicht aufs Kopulieren
Doch gerade weil wir Katzen von jener hoch zivilisierten und globalisierten Sorte sind, sind wir der Auffassung, dass nur das Kopulieren auf legaler Basis den Geschmack von Kultur, Humanität und Moral besitzt

Natürlich lässt sich nicht leugnen, dass die aus reinem Gefühl hervorgehende ästhetische, künstlerische und erhabene Empfindung von großer Bedeutung ist

Und darin besteht für uns die Attraktivität des Kopulierens

Zurückblickend auf die Brutalität und Unzucht der Menschheit des 20.Jahrhunderts wissen wir um die Schwierigkeit und Kostbarkeit des Fortlebens

Daher wissen wir jeden Akt von Kopulation noch mehr zu schätzen

Er lässt uns existieren, er macht uns hochstehend, leidenschaftlich, lässt uns fortleben, macht uns unabhängig, vernünftig, philosophisch, poetisch, lässt uns sterben und schenkt uns ewiges Leben

Zumindest Süße in schweren Zeiten schenkt uns die Kopulation

Besonders die schmachtende, hingebungsvolle und kokette Art des Kopulierens

Die Art der Kopulation der vom sanften Regen herabfallenden Blüten, sich pfirsichrosa verfärbenden Wangen, des sich verweigernd Hingebens, der schamvoll vergossenen Tränen

Das sollte als Kopulationsmodell des 21. Jahrhunderts betrachtet werden

Klar unterschieden vom Kopulationmuster in Massagesalons, Luxusapartments, vor Gewehrmündungen, in Nachtklubs und Businesszentren

Ich leugne nicht, aus gewissen Stimmungen heraus mich wie eine schlechte Katze benommen und an schlimmen Aktionen teilgenommen zu haben

Doch lehne ich jede Verantwortung ab, weil ich schließlich nur ein niedrig stehendes Tier bin

Ich achte zu jeder Zeit und auf jede Art der aufkeimenden Anziehung, um keine Gelegenheit zu einem romantischen Abenteuer auszulassen

Ich bin mit dem Geheimnis, wie man beachtet wird, vertraut und lasse mich auf keinen Fall in eine eifersüchtige Konkurrenz mit machtbewussten, allzu unzivilisierten Katern ein

Natürlich beherrsche ich auch die Kunst, nach einem romantischen Abenteuer oder einer Liebesnacht spurlos zu verschwinden

Menschen und Katzen haben jeweils ihre eigenen Methoden

Heute Nacht eilt mein Herz auf einem Pfad des Glücks dahin

Da ich dabei bin, eine neue Seite in meinem Leben aufzuschlagen, mich von Grund auf zu ändern und auf den Pfad der Tugend zurückzukehren, will ich von ganzem Herzen mein geistiges und materielles Vermögen an mein kleines, geflecktes Kätzchen verschwenden

Ich erlaube ihm, das lange Haar im Wind flattern zu lassen, Strähne um Strähne wie ein Gedicht, wie eine aus dem Universum herandringende Melodie, von diesem Gefühl getragen sind für mich alle nicht langhaarigen Katzen nicht existent

Mir gefällt, dass ihr vor Rührung über ein herabfallendes Blättchen Tränen in die Augen steigen, dieses Blatt ist nun natürlich zwischen die Seiten meines Buches gepresst, um als Dokument für meine künftige Autobiografie zu dienen

Der Mond ist das kitschigste Objekt ihrer Betrachtung, silbrig-rosarote Flocken lassen sich als Reif auf ihren Wimpern nieder

Ihre Trippelschritte versetzen unweigerlich jeden Menschen oder jede Katze in Entzücken, jenes Entzücken, das einen unwiderstehlich treibt, sich in ihre Arme zu werfen, sie wie eine Honig naschende Wespe zu umschwirren, mit zarter Hand eine verirrte Ameise vor der sengenden Sonne zu schützen

In ihrer Brust mischen sich der Wunsch nach Vertrauen und Wärme zugleich, und ohne es zu beabsichtigen, lässt sie mich plötzlich vor Rührung und Erstaunen erbeben

In diesem Moment höchsten Entzückens lässt dich die Zärtlichkeit dieses Katzenduftes glauben, morgen sei der Tag des Weltuntergangs

Manche alten Katzen behandeln dich mit Rücksicht und Anstand, manche erwachsenen Katzen erfüllen dir jeden Wunsch, manche Katzen behandeln dich als Kumpel, manche Katzen weichen dir nicht von der Seite, mein kleines geflecktes Kätzchen wäscht mit

DIE NEUNTE NACHT
Das Kapitel von der Katze

Ist die seit Langem in meinem Herzen erwachte Koketterie
Ist der vor meinen Blicken unvergängliche Blütenstempel
Ist die reine Perle auf meiner Handfläche
Ist der strahlende Regenbogen unter meinen Füßen
Ist die nie zu bereuende Liebe meines Lebens
Ist das schöne Drolma meiner irdischen Existenz

Auch ihr gewöhnlichen Menschen, ihr gewöhnlichen Katzen, ich gerate vor Glück ins Stottern, es klingt fast wie Heuchelei

Mir ist klar, was ihr von mir haltet, ihr werdet sagen, schaut ihn euch an, ein ungehobelter Lüstling

Ich weiß, dass ihr so über mich reden werdet, bei euch denkt ihr, im Bestfall kann das als eine poetische Ausgabe von Lolita durchgehen

Ach Menschen, ach Katzen, ich verstehe euch ja und übermittle euch meinen aufrichtigen Respekt

In was für einem Zeitalter leben wir nur, man kann sich nackt übers Internet unterhalten, Jungfernhäute sind keinen Cent mehr wert, Swingerklubs sind längst keine Sensation mehr, Homosexuelle können längst legal zusammenleben, die Behandlung von Zweitfrauen ist bereits Thema von MBA, kein Mensch glaubt da noch an deine sogenannte Liebe zum gefleckten Kätzchen

Ich kann nichts dagegenhalten, nur Seufzer zum Himmel schicken und Nächte voller Selbstzweifel verbringen

Wir glauben und sorgen uns um nichts mehr außer um die Höchst- und Tiefstwerte von Erdöl, Aktien und Immobilien

Wir kümmern uns zum Beispiel nicht im Geringsten darum, wer wen vergewaltigt, und ob Menschen gerade dabei sind, andere Menschen zu vergewaltigen und Katzen andere Katzen, man könnte auch sagen, jeder Mensch und jede Katze vergewaltigt sich selbst

Hören wir auf damit, da keiner unter uns eine reine Weste hat, besteht keine Notwendigkeit und kein Zwang zu vorgetäuschter Hingabe

Ich aber schwöre im Namen eines alten Katers, mich in keiner Weise am allgemeinen Unflat zu beteiligen, und öffne daher meinem gefleckten Kätzchen mein Herz und meine Arme

Und wenn ich mein geflecktes Kätzchen mit Inbrunst liebkose, gerate ich vor Liebe und Zuneigung außer Kontrolle

Ich bin entzückt von dieser Beherrschung von Sinnen-, Sexual- und Fleischeslust getriebener körperlicher Liebe, daher streiche ich mir ein ums andere Mal den Bart und platze vor Stolz

Ich bin voll Erstaunen über diese sehnsuchtsvolle geistige Liebe ohne Nebengedanken, daher schüttle ich ein ums andere Mal den Kopf und schnalze mit der Zunge

Denkt doch mal, wie ungewöhnlich so eine anhaltende Koketterie ist, obwohl ich doch weiß, dass sie sich meiner Umarmung wird nicht mehr entziehen können

Ich bin der Meinung, auch wenn es nur darum geht, einer Situation oder einem Zeitalter Widerstand zu leisten oder auch nur in Hinblick auf eine Situation oder ein Zeitalter entschieden die Stimme zu erheben, muss ich es mit der Koketterie einer Katze tun: Verzauberung durch das Bett, das Mondlicht, die Nacktheit, den Sex, die Bosheit, die Städte, die Gebäude, die Menschen, das Leben, das Sterben, die Liebe, den Hass, das Feuer, die Kälte, die Grausamkeit, die Einsamkeit, die Wildheit usw.

Jegliche Art von Koketterie ist mit Ehrfurcht und größtmöglichem Respekt zu behandeln

Angesichts globalisierter Lustschreie muss man sich gegenüber dem Kopulieren der Gattung gleichgültig und selbstzufrieden verhalten, um zu beweisen, dass man selbst nie unbeteiligt ist

Meine Koketterie ist in Wahrheit eine nach unten und innen gerichtete Provokation

Es ist mein unaufhaltsamer Drang in Richtung Hölle, ein zugleich furchteinflößender wie ersehnter nach innen gerichteter Riss

Ich fürchte die Enttäuschung nach Ankunft dort, die Entdeckung, dass ich tatsächlich unkurierbar und unveränderbar bin

Ich hoffe auf das selbstzerstörerische Vergnügen nach der Ankunft im Innersten meines Herzens, dass ich entdecke, nur eine zum Guten gewendete und zum Paradies strebende schlechte Katze zu sein, aber bereits derart die Kräfte des Gewissen verloren habe, dass ich unfähig bin, auf meinem Weg nach unten innezuhalten

Was bedeutet, dass ich nicht anders bin als andere Katzen

Warum sollte ich mich also darüber aufregen, dass ich Tag für Tag tiefer im Schmutz versinke?

DIE NEUNTE NACHT
Das Kapitel von der Katze

Was bedeutet, dass ich ein ungezügeltes ausschweifendes Dasein führen kann

Was bedeutet, dass ich mit Koketterie meine Fleischeslust austoben darf

Kann ich daher zu folgender Schlussfolgerung gelangen: Meine Hingabe an das gefleckte Kätzchen wird sich am Ende in eine von Sinnen-, Sexual- und Fleischeslust getriebene Besitzergreifung verwandeln?

Mein Gott, diese mit Leidenschaft, Sehnsucht, Angst und Widerwillen erwartete lange Nacht

In dieser Nacht werde ich zwangsläufig zum Schlächter der Liebe, zum Verbrecher auf dem globalisierten Supermarkt des Geschlechtsverkehrs ohne Wenn und Aber und produziere so möglicherweise einen schamlosen Preisschlächter

Nun gut, jedermann wird heute Nacht einen zwischen Anstand und Niedertracht, Fleischeslust und Liebe hin- und hergerissenen, verwirrten alten Kater sehen und hören

Und dieses bemitleidenswerte, süße, liebenswerte und zugängliche gefleckte Kätzchen kommt mit graziösen Schritten auf mich zu, mit der Absicht, leichtfüßig an meine von bösen Absichten erfüllte Brust zu springen, um dort Wärme und Sicherheit zu finden

Ich schwöre, dass ich heute Nacht deine jungfräuliche Unversehrtheit und süßen Träume beschützen werde

09.01.2008, 10:15
CA982 von New York nach Beijing, Sitz 11K

Dritte Nacht
DER KUSS DER KATZE

Heute Nacht spielen alle Katzen ein wenig verrückt
Wegen der Globalisierung müssen zahllose Hochhäuser, Altbauten,
Gassen, Wohnhöfe, Hühnerställe, Hundehütten, Pferdeställe,
Taubenschläge sowie die Abfallstationen und Küchen der Katzen
restlos abgerissen und beseitigt werden

Natürlich werden die Hühner flattern und gackern, die Hunde
herumjagen und bellen, die Pferde treten und beißen, die Tauben in
wirren Schwärmen wie Heuschrecken in die Lüfte steigen, die Katzen,
na ja, manche werden jammern, andere protestieren, wieder andere
sich selbst verbrennen oder von den Dächern springen, manche werden
ihre Banknoten zählen, andere einen Freudentanz aufführen und
noch andere Feuerwerk und Knallkörper zünden, manche werden sich
gegenseitig umbringen oder die Gelegenheit nutzen fremdzugehen

Mein Gott, was für ein Bild des Chaos im 21. Jahrhundert

Mich allerdings lässt das kalt, ein derart intelligenter, fähiger,
schlitzohriger und zugleich entschlossener alter Kater wie ich hat
schon längst seine Auswanderung ans rettende Ufer des Reichtums
bewerkstelligt und blickt von den dortigen Dächern der Hochhäuser in
Glanz und Gloria auf die Veränderungen dieser Welt herab

Keine Frage, mein geflecktes Kätzchen hat sich auch in
Sicherheit gebracht

Keine Frage, unsere Nächte sind ein einziges wundervolles Gedicht

Ich nehme zum Beispiel voller Zärtlichkeit ihr Gesichtchen in meine Hände und frage sie wieder und wieder, ob sie sich glücklich und sicher fühlt

Ich streichle zum Beispiel voller Gefühl spielerisch ihre Ohren und träufle tropfenweise die Flammen meiner Empfindung in sie hinein

Ich schicke zum Beispiel pflichtbewusst und unnachsichtig Warnungen an meine niedrigen Instinkte im Innern, um aus vollem Herzen ihr Aroma zu kosten, ohne mich zu vergessen

Das bedeutet die Rückkehr der Katze in ein neues ehrbares Leben, eine Rebellion der Katze gegen das 21. Jahrhundert, das Experiment eines Ausbruchs aus dem globalisierten Katzen-Sexhandel

Doch bin ich innerlich beunruhigt und genervt, weil es sich um eine Katze handelt, denn die alten, ausgewachsenen und jungen Kater sind maßlos verkommen, daher wird der Verdorbenste darunter das Vorrecht auf Kopulation erhalten

Ein Herz, das sich auf so viel Verdorbenheit eingelassen hat, wird mehrfach zum Symbol und Ausdruck des Todes

Man beginnt zum Beispiel mit sich selbst zu kopulieren und sein eigenes Gemächte zu verschlingen

Man quält zum Beispiel Jungfrauen zu Tode und sammelt, indem man es misst, das frische Blut der Entjungferung

Man wird zum Beispiel von Huren gevögelt und streckt in stinkenden Kammern von Massagesalons die Beine in die Höhe

Man wird zum Beispiel von einem Pferd vergewaltigt und lässt sich danach weiter von unzähligen Pferden vergewaltigen

Bitte keinen Aufruhr, meine Damen und Herren, es handelt sich lediglich um die Beschreibung der Verwirrung einer Katze und um ihr seelisches Erleben

Zu einer Zeit, wo man sich um Nahrung und Kleidung nicht sorgen muss, brauchen wir sexuelle Promiskuität, um die Lasten zu verringern, die Anstand und Moral mit sich bringen, um den Druck zu vermeiden, den allzu klare Regeln ausüben

Ich bin weiß Gott ein umwerfend maskuliner alter Kater, denn ich kann in der Tiefe meines Herzens einen undurchdringlichen

DIE NEUNTE NACHT
Das Kapitel von der Katze

Firewall errichten, der verhindert, dass irgendeine Spezies von Dieben die Geheimnisse meiner Bosheit und Unzucht stiehlt

Es handelt sich um die Privatsphäre des 21. Jahrhunderts, die stark genug ist, die Jahrhundertordnung von Kultur und Reichtum, Niedertracht und Armut im Handumdrehen zu Fall zu bringen

Natürlich kann im Zustand heißer Verliebtheit nur ein geflecktes Kätzchen das fordern und anklicken, ihr wisst, nur mein süßes, reines, wunderschönes und sanftes geflecktes Kätzchen

Sie ist einverstanden damit, dass keine meiner Aktionen und Aufenthaltsorte irgendwelchen Beschränkungen unterliegen, niemand legt mir Zügel an, Kommen und Gehen, wie es mir gefällt, Mondschein und Blumenduft wo und wann auch immer, vollständige Ungezwungenheit und Freiheit

Sie ist damit einverstanden, dass wir uns in einem Jahrhundert der Katzen befinden und der Promiskuität von Katzen keine Grenzen von Diskretion und Tabus gesetzt werden dürfen

Wahrhaftig, das ist ein höchst seltsames Jahrhundert, verglichen mit dem Grad unserer Anbetung von Geilheit und Sexuallust, kann die Anbetung einer LV-Handtasche einem gefleckten Kätzchen noch mehr den Kopf verdrehen

Chanel No.5, GUCCI und Fendi sind zweifellos so etwas wie die Dekorationsstücke und Werkzeuge des Sexualverkehrs des 21. Jahrhunderts

Mein Geheimnis besteht darin, mich instinktiv von Duft und Reinheit fernzuhalten, es beim Gestank nach dem Alkoholgenuss und ungezügelten Nächten zu belassen

Nur so bin ich fähig, halb aufrichtig und halb unwahrhaftig, halb träumend und halb wachend erfolgreich eine Kopulation nach der anderen zu vollziehen, und damit meine Existenz unter Beweis zu stellen

Ich habe nicht die geringste Lust durch kollektives Handeln beim Sexualverkehr vor die Tür gesetzt zu werden und meine Zeit zu verplempern, ich fürchte, damit mein Recht auf Katzenexistenz zu verlieren und danach den Gentleman zu spielen und Gespräche über Sex zu meiden

Ich bin ich, ein alter Kater, besser und schlechter als alle anderen, der sich vorsichtig und im Verborgenen durch dieses blühende und lebensstrotzende Jahrhundert des Überflusses und des Luxus bewegt

Ich weiß, was es bedeutet, als Einzelner die süße Verwirrung nach einer Ausschweifung zu genießen, und bin in der Lage, die mir zugefallene kleine, vom Jahrhundert noch nicht beschmutzte winzige Perle zu versiegeln, ich bin entschlossen, mit allen Kräften die Jungfräulichkeit und Reinheit meines gefleckten Kätzchens bis zum Morgengrauen der neunten Nacht zu bewahren

Daher muss mir jeder beipflichten, dass ich zart, innig, leidenschaftlich geküsst werden sollte

Richtig? In dieser ebenso betörenden wie desinteressierten dritten Nacht

Was küssen?

Ein Lippenpaar

Ein Herz

Ein Jahrhundert

Einen Mann

Eine alte Katze

Einen Wüstling

Eine gelbe Katze, da sie als Katze promiskuitiv ist und nach mehr Sex schreit, behauptet: Da ihr Herz rein, ihre Küsse wahrhaft sind, bleibt sie, auch wenn sie hundertfach gefickt hat, tausendfach auf Dächern und hinter Hauswänden kopuliert hat, Jungfrau

Ich bin mit diesem Prinzip von Jungfräulichkeit einverstanden, denn ich weiß, dass das die grundlegende Garantie für den Warennachschub auf dem globalisierten Supermarkt der Sexindustrie und des Sexhandels ist

Aus Neigung zum Jungfrauenkomplex habe ich bereits begonnen, eine neue Handelsordnung und ein neues Preissystem zu erlassen

Aus Bewunderung und Verachtung vor professioneller Trickserei denunzieren wir unisono jedes illegale Vorgehen, um anschließend all diese Fälle genau zu studieren

Aus Eifersucht und Unzufriedenheit gegenüber Geldverschwendung verlangen wir energisch das Eingreifen von Anstand und Moral, um anschließend das Auf und Ab der Preise genau zu analysieren

Aus Angst und Besorgnis vor Ressourcenknappheit beachten wir aufs Strengste die Zugangsregeln und Verwaltungshandbücher des Marktes, um anschließend das Modell des Wettbewerbsvorteils genau zu fixieren

Wie es sich für Katzen gehört, ist natürlich jedermann bis ins Detail über Umstände und Inhalte sämtlicher Affären informiert
Und natürlich wird der erste Kuss die neidischen Blicke und die Mordaffekte sämtlicher Katzen auf sich ziehen
Daher erhalte ich den ersten Kuss eines Jahrhunderts in der stillsten, schwärzesten und kürzesten Minute der dritten Nacht
Das ist ein Katzenkuss, ein Blumenkuss, ein Himmelskuss, der Erdkuss, ein Spatzenkuss, ein Jadekuss, ein Wasserkuss, ein Eiskuss, ein Lebenskuss, ein Todeskuss
Ein Vergangenheitskuss, ein Zukunftskuss, ein Gotteskuss, ein Zaubererkuss, ein Inzestkuss, ein Verkommenheitskuss, ein Urknallkuss, ein Vernichtungskuss
Ein Kuss meines gefleckten Kätzchens
Ein Kuss, der mich in der langen Nacht des Versinkens im Schlamm wachküsst
Seither wünsche ich, auf jede beliebige Weise, an jedem beliebigen Ort, zu jeder beliebigen Zeit zu sterben
Selbstmord, Mord an einem Lüstling, an einem Rebellen, an einem Schwimmer gegen den Strom, an einem Geheimnisverräter, an einem Denker, an einem Liebenden, an einem Entjungferer
Schluss damit, in all diesen Bildern der Verwirrung muss ins Leben von uns Katzen Veränderung und Ordnung gebracht werden
Das bedeutet, dass im Schlamm des Jahrhunderts fortgesetzter Unzucht zu Menschen und Städten eine mittlere Distanz zwischen Nähe und Ferne, zwischen Festhalten und Aufgeben aufrechterhalten werden muss
Es geht darum, zu verhindern, dass die Menschen der Art unserer Unzucht und den Änderungen unserer Gemütsverfassung auf die Schliche kommen und uns deswegen restlos massakrieren
In Wirklichkeit haben wir weder die Fähigkeit noch den Wunsch, mit ihren Männern und Weibern, ihren Ehebrechern und Ehebrecherinnen, ihren Huren und Jungfrauen Unzucht zu treiben

In Wirklichkeit haben wir weder den Mut noch die Fähigkeit, den Gesamtprozess ihrer Unzucht zu enthüllen und all den versteckten, nicht unzüchtigen, nicht kopulierenden Aktionen dieser trägen Gattung den Garaus zu machen

Heute Nacht befinden wir uns in einer positiven Gemütsverfassung, weder Debatten noch Kritik sind untersagt, alle Katzen und Menschen mögen sich keine unnötigen Sorgen machen

Nun, da ich den ersten Kuss erhalten habe, ist auch die neunte Nacht nicht mehr fern
Ich denke, ihr alle erwartet diese Schlussfolgerung und seid damit einverstanden

09.01.2008, 12:06
CA982 von New York nach Beijing, Sitz 11K

Vierte Nacht
DIE GEFÜHLE DER KATZE

Als Sex-Maniac und verkörperter Sex bin ich, der alte Kater, Tag und Nacht davon getrieben

Die Vorstellung von Impotenz erfüllt mich mit Schrecken und zerstört mein Selbstvertrauen, ein ums andere Mal vergewissere ich mich hinter dem Sessel der Funktionstüchtigkeit meines Geschlechtsorgans

Eine Igelin sieht mir dabei von der Seite zu und behauptet, dass sie, weil sie mir allzu lange zugesehen hat, den Eindruck bekommen hat, dass ich durch den Sexualtrieb zwangsläufig ruiniert werde

Keine Ahnung, ob das Geschlechtsorgan der Igelin einen fischigen Geruch hat, jedenfalls bringe ich ihr gegenüber meinen gehörigen Abscheu zum Ausdruck und verspüre darüber eine gewisse Genugtuung

Auf keinen Fall werde ich mit einer Igelin vögeln, im Gegenteil, dann eher mit einem Pferd, einem Hund, einer Maus, einer Krähe, einem Fisch, einem Menschen, einem Schatten, ich hätte auch nichts dagegen, mit mir selbst zu vögeln

Aber vor dem Morgengrauen der neunten Nacht werde ich auf keinen Fall mit dem gefleckten Kätzchen vögeln

Wer bin ich denn? Ich bin doch nun mal ein von allen Härten des Lebens gestählter, im offenen Kampf wie im Hinterhalt geschulter, von Wunden und Narben übersäter alter Kater, Held unzähliger Liebschaften und schrecke daher vor keinem Verlust zurück

Innerlich träume ich vom Widerstand gegen die verkommene Geschichte und ihre Gesetzmäßigkeiten

Ich weiß, dass nur darin die einzige Hoffnung und der einzige Ausweg besteht, das Herabsinken auf die unterste Stufe der Hölle zu verhindern

Das bedeutet, ich muss zunächst etwas reiner werden, damit es nicht so weit kommt, dass jedermann durch den Anblick meines Schmutzes beleidigt wird

Als Nächstes muss ich mein Kätzchen gut behandeln, damit es nicht umstandslos und direkt in den Schlamm geschleift wird

Und schließlich muss ich mit aller Gewalt meinem Wunsch und Impuls nach Kopulation widerstehen, um eine Situation und Atmosphäre höchster Liebe zu schaffen

Pferd ist Pferd, Mensch ist Mensch, Katze ist Katze

Wir müssen einen klaren Trennungsstrich ziehen, damit meine ich, dass wir in einer Zeit, wo andere Gattungen noch schamloser, heuchlerischer und verkommener sind, ein wenig anständiger und glänzender aussehen

Zum Beispiel: Pferde naschen am Heu, Katzen am rohen Fisch und Menschen an des Nächsten Mann oder Weib, jedermann ist ein epochaler Dieb, jeder bestiehlt den anderen bis aufs Hemd

Zum Beispiel: Pferde kopulieren am helllichten Tag und versenken ihre endlos langen Penisse in endlos tiefe Gebärmütter, Menschen treiben es im Lampen- und Mondenschein und machen ihren männlichen oder weiblichen Partner zum Werkzeug ihres Orgasmus, wir Katzen dagegen naschen nur am rohen Fisch und schäkern nur, wenn sich die Gelegenheit ergibt, in Toreinfahrten oder hinter Häuserwänden mit anderen Katern oder Katzen, um zu dokumentieren, dass wir die von unseren Herren übertragene schwere Aufgabe der Vermehrung wahrnehmen

Zum Beispiel ich als Katze kann lauthals schreien, wenn ich läufig bin und so die sexuelle Begierde anderer Gattungen anstacheln

Zum Beispiel ich als Katze kann unmöglich den Impuls unterdrücken, von meinem gefleckten Kätzchen Besitz zu ergreifen, schon deshalb nicht, weil mich die anderen alten, ausgewachsenen und

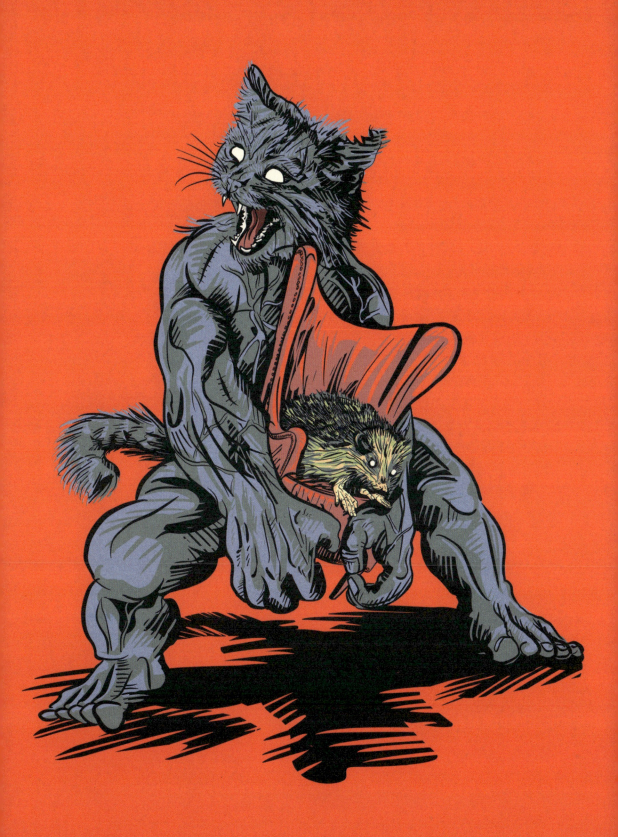

jungen Kater, die nur auf ihre Gelegenheit warten, in Alarmbereitschaft versetzen

Meine Sexualität gehört mir, und mein kleines geflecktes Kätzchen gehört selbstverständlich erst recht mir

Mein Geschlechtsorgan gehört mir, mein kleines geflecktes Kätzchen gehört selbstverständlich erst recht mir

Meine Verkommenheit gehört mir, mein kleines geflecktes Kätzchen gehört selbstverständlich erst recht mir

Meine Liebe gehört mir, mein kleines geflecktes Kätzchen gehört selbstverständlich erst recht mir

Mein erster Kuss gehört mir und mein kleines geflecktes Kätzchen gehört selbstverständlich erst recht mir

Gehört mir und keiner darf mir es wegnehmen

In dieser vierten Nacht der Leidenschaft und der sexuellen Erregung kann ich dem Wunsch nicht widerstehen aufs Hausdach zu springen und durch Brunstschreie die bevorstehende Besitzergreifung zu verkünden

Wenn ich zurückblicke, bin ich ursprünglich keineswegs so primitiv und von Sex getrieben gewesen

Ich habe einstmals das Heraufkommen eines Zeitalters freudig begrüßt

Und darin die historische Chance und die Atmosphäre zu freiem Geschlechtsverkehr gesehen

Und bin im Gegenteil über die Tendenz des Kopulierens als Ausdruck täglich fortschreitenden Verfalls der guten Sitten zutiefst unglücklich

Ich bin schneller und tiefer als irgendeine andere Katze degeneriert

Ich bin noch unzüchtiger, inzestuöser und zügelloser als irgendeine andere Katze

Das ist das Muster einer üblen Katze, ich sollte, nachdem ich mich zu Tode gevögelt habe, als Symbol eines Zeitalters konserviert werden

Aber welcher Mensch, der sich an sexuelle Abenteuer gewöhnt hat, kann den Freuden der Degeneration und des Inzests widerstehen?

DIE NEUNTE NACHT
Das Kapitel von der Katze

Und welche ans Naschen von rohem Fisch gewöhnte Katze kann den Verlockungen und Geheimnissen der Entjungferung dieses gefleckten Kätzchens widerstehen?
Wahrscheinlich haben wir nie aufgehört, innerlich Brunftschreie auszustoßen
Lieber im Höllenfeuer wegen Zügellosigkeit braten als jungfräulich rein durchs Tor des Paradieses schreiten
Wahrscheinlich vollführen wir lieber platonisch einen Haufen wirrer Bewegungen, um den Geschlechtsakt zu vollziehen, als jene Leute sich brüsten zu hören, die behaupten, sie hätten zehntausend Frauen beschlafen, während wir in mühseliger Tag- und Nachtarbeit mal gerade mit hundert Katzen kopuliert haben
Da nun alle gemeinsam in einem Zeitalter verkommen und Inzest begehen, müssen die Prinzipien von Gleichheit und Gerechtigkeit zur Richtschnur freien Geschlechtsverkehrs werden und in der Hölle zum Maßstab für einen Gentleman und zur moralischen Norm

Die größte Schwierigkeit besteht darin, dass wir kein Urteil darüber abgeben können, wie die sexuellen Aufwallungen eines Gentlemans bzw. eines Intellektuellen funktionieren
Sie sind stets unerschütterlich ruhig, höflich, nicht aus der Fassung zu bringen und erfüllt von gerechtem Zorn
Sie werden sagen, Pferde sind zu minderwertige Geschöpfe, sie entblößen in aller Öffentlichkeit ihren Penis
Sie werden sagen, Katzen sind allzu amoralische Geschöpfe, sie paaren sich ohne Rücksicht auf Alter und Geschlecht
Sie werden sagen, auch mit einer Schönheit auf dem Schoß gerät ein aufrechter Mann nicht in Wallung, um zu beweisen, dass die Frau die Ursache allen Übels ist und die Männer ihretwegen ihren Penis nicht im Zaum halten können
Ich dagegen bin glücklicherweise eine Katze und weiß, vertraut mit den Annehmlichkeiten des Bettes, wie diese wohlanständigen, hochstehenden und schwerreichen Leute Unzucht treiben
Das macht mich umso mehr zur Katze, noch unzüchtiger, noch gieriger nach rohem Fisch, und zwar in aller Offenheit und vor aller Augen
Ich sehe die Straßen voll mit unzüchtigen Leuten, wir Katzen

dagegen, amüsieren uns zwischen ihnen und unsere Population gedeiht dabei prächtig

Ich habe so zu Ungezwungenheit, Entspannung und Zufriedenheit gefunden

Überfällt mich die Brunst, bin ich eben brünstig, schließlich ist das ein gemeinsames Merkmal aller

Treibt mich die Geilheit, bin ich eben geil, wie soll man ohne Geilheit in dieser Gesellschaft existieren

Überkommt mich Bosheit, bin ich eben böse, da wir uns schließlich alle in den Tiefen der Hölle befinden

Die vierte Nacht ist eben die vierte Nacht, als Katze werde ich nun mal rollig

Ich habe durchaus kein Interesse daran zu erfahren, wer mich zur Katze hat werden lassen und auf welche Weise

Aber ich beglückwünsche mich, dass ich deshalb mit Katzen Umgang pflegen kann, das entspricht sicherlich meinem verderbten finsteren Wesen

Daher muss meine Chronik in aller Munde sein, und der Beginn des Brunstschreis einer jeden Katze bezeugt den Respekt davor

Ich bin nun mal zur Katze geworden und besitze daher den Sexualtrieb und das Kopuliergehabe einer Katze

Also heute Nacht werde ich meine männliche Potenz unter Beweis stellen, das heißt eine gewaltige Erektion haben

Und ihr Menschen, ich weiß, werdet darüber in ungläubiges Erstaunen verfallen und jeder meiner Bewegungen folgen

Und ihr Katzen, ich weiß, werdet darüber in Erregung geraten und einen Angriff in Form eines heimlichen Überfalls vorbereiten

Mich lässt das alles kalt, mich interessiert nur Härte und Länge meines Penis, um zu beweisen, dass ich auf Viagra, Lybrido oder andere Potenz fördernde Hilfsmittel verzichten kann

Ich hoffe, wie die Pferde ohne Umweg zu vögeln und mich gehen zu lassen

Ich hoffe, wie die Menschen mit technischen Tricks zu vögeln und zum Orgasmus zu kommen

DIE NEUNTE NACHT
Das Kapitel von der Katze

Ich hoffe, wie die Katzen mit kratzender und beißender Leidenschaft zu vögeln und Lustschreie auszustoßen
Ich hoffe, nur ich selbst zu sein und nach meinen Vorstellungen zu vögeln und in Ruhe zu leben

Hör zu, die Chronik einer Katze ist derart bewegend, dass sie die sexuellen Funktionen und Aufwallungen eines Jahrhunderts anstachelt
Wir brauchen uns nicht der Besonderheiten und Abläufe der Brunst eines Zeitalters zu schämen
Wir müssen die Chronik der Sinnenlust einer Katze weiterverbreiten, um damit ein Zeitalter aufzumischen
Daher besitze ich den Epochen-Passierschein für Brunst und Kopulation
Es handelt sich natürlich nur um den Epochen-Passierschein für das Privileg auf Brunst und Kopulation einer Katze

Daraus folgt, die Brunst der heutigen Nacht ist die einer Katze und nicht die eines Menschen, sie bezieht sich auf mein geflecktes Kätzchen und nicht auf irgendwelche anderen Kater und Katzen

09.01.2008, 13:36
CA982 von New York nach Beijing, Sitz 11K

Fünfte Nacht
DER KAMPF DER KATZE

*I*n einer Chronik, vor allem in einer Liebes-Chronik einer Katze, kommt man nicht umhin, sich mit den daraus erwachsenden Kopulationskämpfen zu befassen

Jedermann weiß, dass mit dem plötzlichen Aufkommen und der Verbreitung der feministischen Bewegung, sich Frauen darin geschult haben, Männer als Sexspielzeuge zu missbrauchen, doch wir Katzen halten am Zauber der Entjungferung und ihrer Schlachten vorläufig noch fest
Das muss dem Zeitalter zur Ehre angerechnet werden
Ob es sich um Verschwörungen oder Vergewaltigungen handelt, immer geht es um Siegestrophäen und den Ausdruck von Überlegenheit

Stellt euch vor, ein Pferd, ich meine eine junge rossige Stute, die es liebt, wild auszuschlagen und dahinzugaloppieren, wird, wenn sie mittags auf einer Grassteppe von einem Rudel Hengste verfolgt wird, am Ende vom Sieger entjungfert
Ein junges Mädchen, ich meine eines dieser jungen naiven, gut riechenden, schutzlosen Dinger in einem abgelegenen Dorf, wird, wenn es in einem großstädtischen Hochhaus von einem bejahrten Freier,

der den höchsten Preis gezahlt hat, umarmt wird, am Ende durch Entjungferung die sexuelle Lust befriedigen

Ein geflecktes Kätzchen, ich meine ein süßes, verführerisches, hilfloses Kätzchen, wird, wenn sich in einem nächtlichen Garten ein Haufen lüsterner alter Kater um es rauft, am Ende dem mächtigsten und einflussreichsten durch Entjungferung anheimfallen

Das gehört natürlich zu den Kriegen des Zeitalters, des Jahrhunderts, den Weltkriegen, den Globalisierungskriegen

Es sind die Kriege um Pferde, um Menschen, um Katzen, um Tugenden, um Laster, um Jungfrauen, um Entjungferungen, um Macht, um Geld, um Gut und Böse, um Seelen, um Wahrheit und Lüge, ums Paradies, um die Hölle, um Leben und Tod

Mein gewaltiger Krieg

In Wahrheit bin ich als Überlebender des 20. Jahrhunderts unzerstörbar und alles zerstörend. Die Narben von Brutalität und Gemeinheit, von Zivilisation und Barbarei, von Existenz und Mord, von Fortschritt und Verblendung haben sich bis heute schmerzhaft ins Herz gekerbt

Egal, wie gleichgültig und vornehm wir uns geben und wie wohlhabend und zufrieden wir sind, der Samen der Barbarei wächst weiterhin in den Tiefen unserer Seelen

Die Sehnsucht nach Jungfrauen, in Wahrheit der Trieb nach Zerstörung macht sich weiterhin in unserem Inneren geltend

Wir wurden von einem Zeitalter ausgelöscht und verbrannt, daher wollen wir mittels Entjungferung andere Menschen, ja sogar vergangene, nicht zerstörbare Epochen vernichten

Als Starke führen wir Vernichtungskriege

Als Schwache sehen wir der Vernichtung entgegen

Wir vernichten Jungfrauen, Anstand, Tugend und uns selbst

Daher vollziehe ich ohne Gewissensbisse als Katze die Vernichtung von Katzen, nachdem die Menschen mich vernichtet haben

Jedermann weiß, dass gegenwärtig eine neue Runde in der Bewegung zur Tötung von Katzen im Gange ist, daher muss ich die Planungen zur Entjungferung meines gefleckten Kätzchens abschließen, bevor ich selbst getötet oder sterilisiert werde

DIE NEUNTE NACHT
Das Kapitel von der Katze

Da es sich um einen Jahrhundertkrieg handelt, gibt es für mich kein Ausweichen

Ich verfüge über unzählige Betthasen bzw. Bettkatzen, daher verfüge ich über ausreichende Kampferfahrung

Und da ich mit allen Tricks der Menschheit hinsichtlich heimlicher Affären, Eifersucht und anderer Affekte vertraut bin, verwende ich die gemeinsten, finstersten und tödlichsten Mittel

Was den weiblichen Teil der Pferde angeht, so will ich über ihr jeweiliges Benehmen nach Beendigung der Kämpfe des Geschlechtstriebes kein Urteil abgeben

Was den weiblichen Teil der Menschen angeht, so habe ich ebenso keine Lust, mich über die diversen Szenen extremer Schamlosigkeit und Grausamkeit ihrer geheimen Affären zu äußern

Was die weiblichen Katzen angeht, besteht noch weniger Grund, sich über ihre Verrücktheiten und hemmungslose Kopuliersucht nach Eröffnung des Krieges auszulassen

Ich möchte nur die Sicherheit meines Penis gewährleisten, um seine Funktionstüchtigkeit und das ganze Drum und Dran bei der Entjungferung meines gefleckten Kätzchens nach dem Jahrhundertkrieg zu gewährleisten

Unsere Jagden und Gemeinheiten, unsere Impulsivität und unsere Vorsicht, unser Sexualtrieb und unser Draufgängertum

Und ganz am Ende verschmelzen sämtliche Katzen mit mir, ich bin eine Jahrhundertkatze, deshalb verfüge ich über die Fähigkeit, ein Jahrhundert zu notzüchtigen und es zu entjungfern

Das ist das Entscheidende an der Chronik einer Katze

Wäre doch gelacht, wenn der Witz einer Katze nicht ausreichen würde, mittels der Kraft eines Jahrhunderts Böses und Lüsternheit zu gebären

Und da ein Jahrhundert von Bosheit und Lüsternheit erfüllt ist, ist eine Katze, d. h. ich, natürlich unendlich bösartig und lüstern

So weit, dass Bosheit und Lüsternheit nach sämtlichen Jungfrauen und gefleckten Kätzchen gieren

Ach Katze, ich kann die Tränen nicht zurückhalten, weil ich bis in die Poren von Bosheit und Lüsternheit erfüllt bin

Ach, wer versteht diese Qualen und Schmerzen, aus denen ich mich selbst nicht erlösen kann

Ach, wer erfühlt die Schläge und Schrecken, vom Gipfel der Bosheit bis in ihre Tiefen hindurchzublicken?
　　　Als frisch Geborener dem Tod ins Gesicht zu sehen
　　　Als moralisch Hochstehender der Niedertracht ins Gesicht zu sehen
　　　Als völlig Ungezwungener der Unausweichlichkeit ins Gesicht zu sehen
　　　Als Reicher der Armut ins Gesicht zu sehen
　　　Als Schaffender der Vernichtung ins Gesicht zu sehen
　　　Als Jungfrau der Hure ins Gesicht zu sehen
　　　Als geflecktes Kätzchen dem alten gefleckten Kater ins Gesicht zu sehen
　　　Als Mensch dem Ich ins Gesicht zu sehen
　　　Als Ich dem Menschen ins Gesicht zu sehen
　　　Als Pferd der Katze ins Gesicht zu sehen
　　　Als Katze dem Pferd ins Gesicht zu sehen
　　　Als Foucault Gott ins Gesicht zu sehen
　　　Vom Irak aus Byzanz ins Gesicht zu sehen
　　　Von Paris aus Niya ins Gesicht zu sehen[47]
　　　Von Manhattan aus den Gräbern am Flüsschen[48] ins Gesicht zu sehen
　　　Von Guantanamo aus dem Existenzialismus ins Gesicht zu sehen

　　　Mittels unserer Bosheit und Lüsternheit sehen wir dem Mord an Pferden und Menschen ins Gesicht
　　　Mittels unserer Bosheit und Lüsternheit sehen wir den gemordeten Katzen und dem ermordeten Selbst ins Gesicht

　　　Und so habe ich mich in eine Chronik verwandelt
　　　In die Chronik einer Katze
　　　In die Chronik der Bosheit und Lüsternheit des Jahrhunderts der Katzen

　　　Der Krieg der Katzen
　　　Ich führe in der fünften Nacht den Jahrhundertkrieg zu

DIE NEUNTE NACHT
Das Kapitel von der Katze

Ende und zementiere damit mein Privileg auf Entjungferung meines gefleckten Kätzchens in der neunten Nacht

09.01.2008, 14:50
CA982 von New York nach Beijing Sitz 11K

---

47. Niya: Antike Stadt in Chinas Nordwestprovinz Xinjiang im südlichen Teil des Tarimbeckens, berühmt durch seine Holzkonstruktionen.

48. Das Gräberfeld am Kleinen Fluss (小河墓地), antikes Gräberfeld in der Lopnor-Wüste (Prov. Xinjiang), mit ungewöhnlich großen Holz-Sarkophagen.

Sechste Nacht
DIE BOSHEIT DER KATZE

Vernarrt und geübt in Bosheit und Sinnenlust habe ich nie aufgehört, die Gräber am Flüsschen zu erforschen
      Ich vermute einen erbitterten Kampf der Sinnenlust vor viertausend Jahren, die Toten ruhen dort, seit viertausend Jahren, die Männer mit erigiertem Penis, die Frauen mit hochgereckten Geschlechtsorganen
      Viertausend Jahre! Diese Geschlechtsorgane rauben mir vor Bewunderung den Atem
      Wir sind Katzen, unsere Bosheit und Sinnenlust überdauert kaum mehr als ein Jahrzehnt
      Wir sind keine Menschen, unsere Chroniken sind nicht der Rede wert
      Ich kann nicht sagen, in welchem Jahrhundert sich diese erstaunliche Episode von Sinnenlust ereignete, aber ich vermute, dass die Katzen dieser Epoche fröhlich und ihre Penisse lang und spitz waren
      Sie haben fröhlich gevögelt und in Sicherheit miteinander in Pappelwäldern gelebt
      Sie hätten für jedes gefleckte Kätzchen einen Polterabend veranstaltet und dabei auf demokratische Weise in direkter Wahl das Recht auf Entjungferung vergeben

Ach, ihr Katzen, niemand hat euch das Fell abzögen und zu gerösteten Lammspießen verarbeitet

In den Mikrowellenherd gesteckt und die Hoden abgerissen

Daher, ihr Katzen, bedurfte es nicht der Bosheit, um sich sicher zu fühlen

Wie viertausend Jahre später im Heute

Doch da wir uns nun einmal im Heute befinden, sollte keiner meine Bosheit und Gier tadeln

Mein sorgfältig erdachter Plan ist perfekt, all meine Geisteskraft und meinen Wagemut habe ich an die Hochzeitsnacht mit meinem gefleckten Kätzchen verwendet

Ich muss es mit Nachdruck erklären: Unsere Hochzeitsnacht wird romantisch sein

Alle Sterne werden funkeln

Alle Pferde werden wiehern

Alle Menschen werden Beifall klatschen

Alle Katzen werden Tränen vergießen

Alle meine Ichs werden stolzerfüllt sein

Und wer bin ich? Ich bin eine bösartige Jahrhundertkatze

Ich bin der Gedankenblitz einer Katze auf dem Weg abwärts und nach innen

Ich habe meine Hochzeitsnacht, meine Jungfrau und mein Privileg

Ich habe meine Bosheit, meine Sinnenlust und meine Gier

Daher, meine Katze, schwingt sich mein Ich in diesem Jahrhundert hoch in die Lüfte empor und erfüllt sich alle Wünsche

Und so, mein geflecktes Kätzchen, hat dich der lange Kuss der gestrigen Nacht in Taumel versetzt

Jede deiner zweitausenddreihundert langen Augenwimpern habe ich einzeln geküsst

Deine kleinen Brüste, die meine beiden Hände füllen, habe ich gewärmt

Die zarten Konturen deiner Brüste und Hüften haben mich sprachlos gemacht

Deine zugleich abwehrende wie auffordernde Zärtlichkeit hat mich entzückt

DIE NEUNTE NACHT
Das Kapitel von der Katze

Die Koketterie deiner verschämten Tränen hat mich in den Wahnsinn getrieben
Ich bin eine Katze, ich lasse dich nicht aus meinen Augen
Ich bin böse und sinnlich, nie werde ich den Traum dieser Hochzeitsnacht aufgeben
Du bist still und leise aus den Tiefen des Jahrhunderts heraufgestiegen
Bestimmt dazu, vom Jahrhundert beschmutzt zu werden und es anschließend zu beschmutzen
Du bist die Gesandte, die meine Bosheit und Sinnenlust vertieft
Bestimmt dazu, mich in den nächsten Abgrund zu führen
Klar, ich bin bereit, dafür von einem Abgrund in den nächsten zu steigen

Ich weiß wohl, alle werden von den strahlenden Seiten des Jahrhunderts sprechen
Bosheit und Sinnenlust werden in diesem Jahrhundert an ihren Endpunkt gelangen
Jedoch ihr Menschen, auch wenn ihr jetzt masturbiert, steht euch deswegen noch lange kein Urteil über meine Bosheit und Sinnenlust zu
Ihr Katzen, auch wenn ihr Inzest betreibt, steht euch deswegen noch lange kein Gerede über meine Bosheit und Sinnenlust zu
Ihr besitzt Güte, ich Bosheit
Ihr Moral, ich Sinnlichkeit
Ihr Macht, ich Niedertracht
Ihr Reichtum, ich Verkommenheit
Ihr Liebe, ich Inzest
Ihr Zukunft, ich den Untergang
Kurz und gut, ich erhebe mit einer absolut unangemessenen Haltung in einem solchen Jahrhundert meine Stimme, bin böse und sinnlich
Seht her, habt ihr's gesehen?
Ihr habt's gesehen, ich weiß doch, dass ihr am Ende herschaut
Das genügt, um mich gelassen zu machen
Dennoch, wer darf und wer muss schlaflos bleiben?

DIE NEUNTE NACHT
Das Kapitel von der Katze

Da nun alle dafür sorgen, dass eine Katze jämmerlich im bodenlosen Abgrund versinkt, von der Bosheit und Sinnenlust in Fesseln geschlagen

Könnte darin eine Art Schönheit der Vernichtung stecken? Oder eine Art Schönheit des Bösen?

Heutzutage, wo ein Jahrhundert die Menschen ein ums andere Mal erschöpfter und angeekelter zurücklässt als das folgende

Die Nöte der Katzen werden auf dem Hintergrund der Globalisierung sichtbar bis zu einem Punkt, wo die Bosheit der Katzen zur Chronik und zum Zauber eines Jahrhunderts wird

Also gut, da jeder gleichgültig und mitleidlos geworden ist, bleibt mir als Katze nur übrig, weiter meine Bosheit und Geilheit zu besprechen

Der Klang der galoppierenden Hufe kündigt das Herannahen meines Rivalen über Berg und Tal an, der mich zum Entscheidungskampf herausfordert

Ich erkenne die aus Millionen von Mäusepenissen geflochtene Lanzen in seiner Hand und den hasserfüllten Blick, mit denen er mich gleich einer Entjungferung durchbohren wird

Ich erkenne die zahlreichen Betrachter, die dem Kampf zusehen: Katzen, Menschen, Pferde, voller Erregung, Wetten abschließend

Ich erkenne mein geflecktes Kätzchen, zitternd vor Angst, mit hilfloser Miene, und Katzen, Menschen, Pferde mit darob vor Geilheit ausgedörrten Mundwinkeln

Mich töten? Nun, ich, die Jahrhundertkatze, bin ein Krieger

Mich vergewaltigen? Nun, ich bin der Wüstling und Lustmolch eines Jahrhunderts

Ränke gegen mich schmieden? Nun, ich bin der Bösewicht eines Jahrhunderts

Mich anflehen? Nun, ich bin der gnadenlose Killer eines Jahrhunderts

Schluss! Mein Nebenbuhler und meine Bosheit

Wir dürfen die Verantwortung für die Verbrechen eines Jahrhunderts nicht von uns werfen

Jedes Mal, wenn ich den Schlick der Gräber am Kleinen Fluss empor erhebe, fege ich mühelos mit der Kraft meiner Bosheit und

DIE NEUNTE NACHT
Das Kapitel von der Katze

Aus Mitleid und Bosheit gegenüber den Nebenbuhlern, nagle ich lediglich ihre Penisse ans Tor, um den Menschen, den Katzen und Pferden meine Unschuld zu zeigen, und bringe damit zum Ausdruck, dass ich keineswegs die Absicht habe, sämtliche Männer, Kater und Hengste zu töten und zu notzüchtigen

Endlich fallen die Regentropfen, die ein Jahrhundert hinter sich haben

Daher hacke ich den Nebenbuhlern die Hände und Penisse ab und erfülle die feuchte Nacht ein weiteres Mal mit dem Geruch von Sperma und Blut

Seht euch um, Menschen, Katzen, Pferde sind fort, das Gebäude steht leer

Ach ihr Menschen, wie schwer ist es, die Katze des 21. Jahrhunderts zu sein

Ach geflecktes Kätzchen, wie schwierig und gefährlich ist es, das Recht auf deine und meine Hochzeitsnacht zu schützen

Ich möchte dich ein Lied singen hören
Ich möchte dich einen Satz sagen hören
Ich möchte dich eine Träne weinen hören
Ich möchte dich einen Schwur aussprechen hören
Ich möchte dich einen Schmerzensschrei ausstoßen hören
Ich möchte dich deine Augenbrauen nachziehen hören

Was soll das, das Gnadengebettel einer bösen Katze nach inneren Qualen?

Aus Bosheit sinnlich, aus Sinnenlust böse
Als Mensch eine Katze, als Katze ein Mensch
Als Ich ein Ich, und dann wieder ein Ich als Ich

Das nun ist meine sechste Nacht, meine Sinnenlust ist kaum mehr zu ertragen

Ach lange Nacht, du neigst dich dem Ende zu

09.01.2008, 16:17
CA982 von New York nach Beijing, Sitz11K

Siebte Nacht
DIE KATZE DER KATZE

Das ist eine siebte Nacht der linden Winde und zarten Regentropfen, die keine Leidenschaften zulässt

Mensch und Pferd, Katze und Mensch, Pferd und Mensch und die Katzen, sie alle werden das Opfer der Spasmen des Jahrhunderts

Sei's drum, aus Gründen der Gering- und Hochschätzung der Pferde, verzichte ich als alter Kater darauf, mich weiter über Pferde auszulassen

Da gibt es gewisse Pferde vor den Toren, vor den Höfen, vor den Städten, die nicht in der Lage sind, die Interna und den existenziellen Kern dieses Jahrhunderts zu repräsentieren und zu verstehen

Und die Menschen weiter zu erwähnen habe ich auch keine Lust

Obwohl man sie überall findet, innerhalb und außerhalb der Tore, innerhalb und außerhalb der Höfe, innerhalb und außerhalb der Städte, überall, aber das ist kein einfaches Jahrhundert, daher sollten wir über die Menschen kein voreiliges Urteil fällen

Schau her, ein Mensch im Zustand tiefen Kummers wird sich zu gewissen Zeiten möglicherweise plötzlich von den Menschen fernhalten oder sich vor ihnen verbergen,

Er wird erklären, da Gott gestorben ist, werde er auf beschissene Art sein Leben fristen,

Ohne Gott verlieren Anstand und Moral jede Bedeutung

Ich, als eine gewöhnliche Katze unter vielen, ohne besondere Merkmale, bin gezwungen, mittels meiner Erfahrung und aktuellen Handlungsweise meine Verantwortung und meine Gewissensbisse gegenüber der Menge zu demonstrieren

Jedesmal wenn ich zum Beispiel auf das vergangene 20. Jahrhundert zurückblicke, krampft sich mein Herz zusammen

Ich weiß nicht, wie ich die Art des Wachstums dieser Zivilisation beschreiben soll, ich fühle nur, dass ich die Frucht dieses Wachstums bin, sogar ein Alien

Der nie dagewesene kraftstrotzende Überfluss unserer Population, unsere überschäumende Lebenskraft ist wahrhaft erstaunlich

Dennoch führt das nicht dazu, dass wir wegen unserer Kultiviertheit und moralischen Qualitäten respektiert werden

Denn wie ihr seht, sind unser Masochismus und unser Morden, unser Überfluss und unsere Armut, für uns kein Anlass, unser Vorgehen zu stoppen

Wir haben das Leben gemordet und das zur Wiedergeburt des Lebens erklärt

Wir haben die Wälder gemordet und das zur Erneuerung der Wälder erklärt

Wir haben die Zivilisation gemordet, und das zur Zivilisation der Zivilisation erklärt

Wir haben die Philosophie gemordet und das zur Philosophie der Philosophie erklärt

Wir haben Gott gemordet, und das zum Gott Gottes erklärt

Wir haben die Frauen gemordet und das zur Frau aller Frauen erklärt

Wir haben die Säuglinge gemordet und das zum Säugling aller Säuglinge erklärt

Wir haben uns gemordet und das zum Wir unseres Uns erklärt

Wir haben die Liebe gemordet und das zur Liebe der Liebe erklärt

Wir haben alles gemordet, was sich morden ließ und haben das zu allem von allem erklärt, was wir konnten

Schau her, das bin ich

DIE NEUNTE NACHT
Das Kapitel von der Katze

Und das sind wir

Ich will nicht wissen, mit welchen Blicken uns Mäuse und Fische betrachten und mit welchen Worten sie über uns sprechen

Und wenn schon, ich habe ja nicht vor, mit ihnen herumzuhuren oder einen höllischen Pakt mit ihnen zu schließen

Obgleich, so wie wir zu Pferden und Menschen aufschauen müssen, müssen Mäuse und Fische zu uns aufblicken

Ich weiß, Menschen haben ihre Menschenschlächterei, Pferde ihre Pferdeschlächterei, auch Mäuse und Fische haben ihre Form des gegenseitigen Abschlachtens, wir Katzen dagegen warten auf die Gelegenheit, den Menschen und Pferden in den Rücken zu fallen und sie abzuschlachten und zudem gnadenlos die Mäuse und Fische zu morden

Und da keiner eine reine Weste hat, können wir für den Moment annehmen, dass auch der Boden dieses Jahrhunderts alles andere als sauber ist

Und das bedeutet, dass ich auf mein geflecktes Kätzchen, und die Katzenpopulation für die es steht, eine genetische Wirkung ausübe, die zu einer tödlichen pathologischen Veränderung führt

Als Kater, egal ob wir alte, erwachsene oder junge Kater sind, gieren wir nach der Unschuld und Entjungferung gefleckter Kätzchen

Wir können dafür eine Maus oder einen Fisch umbringen, oder vom Rand eines Bettes, auf dem Menschen gerade kopulieren, Schokoladenkekse stehlen, um unseren gefleckten Kätzchen gefällig zu sein

Ohne dabei auch nur einen Gedanken an unsere moralische Verantwortung zu verschwenden

Denn wir gehen davon aus, dass andere Katzen bzw. Katzenpopulationen diese Verantwortung übernehmen müssen, das entweder gerade tun oder bereits getan haben

Ich bin sogar fest davon überzeugt, dass jedermann Böses tut und sich dabei vor Mensch und Pferd, am helllichten Tag, vor Katzen und Katzenpopulationen ein ehrbares Aussehen gibt

Warum soll ich das Vergnügen und die Selbstquälerei des Mordens und Gemordet-Werdens, Schädigens und Geschädigt-Werdens, Fremdgehens und Fremdgegangen-Werdens, Verführens und Verführt-Werdens, gemein Behandelns und gemein Behandelt-Werdens, die mir so viel geben und mich bezaubern, aufgeben, warum?

Warum gibt eine Population sie nicht auf?

Daher musst du, mein über alles geliebtes, zur Entjungferung bestimmtes geflecktes Kätzchen verstehen, dass ich keineswegs zur am übelsten riechenden Sorte von Katzen gehöre

Ich muss in diesem Moment daran erinnern: Mein geflecktes Kätzchen, du musst einen klaren Kopf behalten, obwohl der Morgen naht, neigt sich meine siebte Nacht dem Ende zu

Blicke ich zurück, überwältigt mich Rührung und überkommt mich Schwermut

Blicke ich nach vorn, erfüllt mich eine außergewöhnliche Begeisterung, die mich nachts keinen Schlaf finden lässt

Meine Hochzeitsnacht muss Teil der Hochzeitsnacht einer Population werden, dafür müssen wir den richtigen Zeitpunkt auf dem Wecker des 21. Jahrhunderts einstellen

Ich denke, wir sollten nicht aus übertriebener Scham und Niedertracht ...

Ich muss danach trachten, die Verantwortung für die genetischen pathologischen Veränderungen einer Population zu übernehmen, zunächst meine, dann die einer Population und dann wiederum meine

Soll ich mich dafür von allem frei machen, die Reise meiner Hochzeitsnacht fortsetzen, diese seit alters her geheiligte Reise der Hochzeitsnacht, diese über Jahrtausende erkämpfte Reise der Hochzeitsnacht?

Soll ich dafür noch zögern, die Reise meiner Hochzeitsnacht zu unterbrechen, diesen in der Geschichte des Lebens einmaligen Geschlechtsakt, diese in der Marktwirtschaft dringend benötigte Sexualressource?

Wir erringen sie unter Einsatz des Schicksals
Wir erringen sie unter Einsatz des Vermögens
Wir erringen sie unter Einsatz von Korruption
Wir erringen sie unter Einsatz der Poesie
Wir erringen sie unter Einsatz des Krieges
Wir erringen sie unter Einsatz der Waffen
Wir erringen sie unter Einsatz der Vergangenheit
Wir erringen sie unter Einsatz der Zukunft
Wir erringen sie als Gatte
Wir erringen sie als Liebhaber

DIE NEUNTE NACHT
Das Kapitel von der Katze

   Wir erringen sie durch Entführung
   Wir erringen sie durch sie

   Darin liegen die Gründe für die schmerzhaften Aufwallungen in meinem Inneren
   Darin liegen die Attraktivität und die Kraft von Degeneration und Niederträchtigkeit
   Darin liegen die Kernelemente und geistigen Stützen meines Kampfgeschreis gegen Moral und Anstand

   Ach Gott, mein über alles geliebtes geflecktes Kätzchen, in diesem Moment spüre ich aufs Neue leidenschaftlich das Gefühl deiner geschmeidigen und delikaten schmalen Hüften unter meinen Händen und dein Aroma
   Ich habe dich mit aller Sorgfalt aus einer Menge ausgewählt, um meine Macht und meine Position unter Beweis zu stellen, dazu gehört natürlich auch, dass sich die Degeneration in sexuelle und unzüchtige Aktionen und Körperbewegungen umsetzt
   Stimmt doch, ich habe dich verwirrt, um dich auf sinnliche Weise zu stützen, mit dir gemeinsam aus der Ferne eine Katzenpopulation zu beobachten und danach zu sagen:
   Sieh her, diese Massen von wie betrunken dahin vegetierenden Katzen, wie weit sind sie entfernt von dir und mir, das heißt von uns, diese Katzen, die sich in die Sex-Supermärkte, an die Tresen der Sex-KTV, die Businessclubs, die Massage- und Fitnesszentren drängen
   Natürlich nicht zu vergessen die hinter den Vorhängen der Friseursalons, in den Zimmerchen der Hotels an der Autobahn, auf dem Rasen unter den Überführungen, auf den Rücksitzen von Mittelklassewagen, die Katzen, die auf dem eiligen Heimweg vom Frühlingsfest in den Toiletten der Bahnhöfe abspritzen und abgespritzt werden
   Und wer sind sie? Es handelt sich um eine Population, die mit mir nichts zu tun hat, sie hat sich mir entfremdet und ich habe mich ihr entfremdet
   Ich weiß, ich bin nicht in der Lage sie zu tadeln, weil ich mich aus freien Stücken dem Prozess massenhafter Degeneration und kollektiven Wahnsinns angeschlossen habe

Ich habe auch keine Lust, sie aufzurütteln, nicht die allergeringste Lust, diese bereits im Vergnügen der Wollust schwelgende Population aufzurütteln

Mein Ausweg besteht darin, durch Entjungferung noch schneller und tiefer zu degenerieren, noch mehr Anrecht und Gelegenheit zur Entjungferung zu erhalten

Ich weiß, dass außerhalb von mir der Glanz dieses Jahrhunderts besteht, ich bin mir tief bewusst, dass Blühen und Gedeihen weiter zunehmen werden

Meine Population, ich meine die Katzen, werden sich daher noch unermüdlicher vermehren und die Rasse wird noch mehr gedeihen

Ich werde an diesen Freuden meinen Teil haben

Bezüglich der Degeneration und Verkommenheit der Menschen, Pferde, etc. werde ich kein Urteil fällen und auch keine Verantwortung übernehmen

Hinsichtlich der möglichen Tendenz sexueller Grenzüberschreitungen zwischen Menschen, Pferden und Katzen habe ich nichts zu tadeln, ich möchte diesbezüglich nur klarstellen:

Ich schreibe nicht für Menschen, nicht für Pferde, Katzen, mich selbst, uns, euch, ihnen, allen, das 20., das 21. Jahrhundert

Ich möchte nur irgendetwas tun, irgendetwas sagen, irgendetwas schreiben, um meine exzessive Erregung vor der Hochzeitsnacht zu dämpfen

Ich möchte nur dem 22. Jahrhundert zurufen: Neues Jahrhundert, egal ob du existierst oder nicht, Anstand hin oder her, Degenerationen hin oder her, Unzucht hin oder her, Hochzeitsnacht hin oder her, Reichtum hin oder her, Armut hin oder her, Zivilisation hin oder her, Mensch hin oder her, Pferd hin oder her, Katze hin oder her, du musst mir deine Ansicht und Schlussfolgerungen über eine Katze des 21. Jahrhunderts mitteilen

Wie werde ich, ich, ein großmächtiger alter Kater, in Form einer Hochzeitsnacht die Besitzergreifung eines gefleckten Kätzchens durch ein Jahrhundert bewerkstelligen?

11.01.2008, 07:06
Beijing, Bishui

Achte Nacht
DIE KATZE DER KATZE

*I*ch gebe zu, einen Ziegelstein auf ein Jahrhundert zu schleudern, ist eine leichtfertige Aktion

Ihn auf das 20. Jahrhundert zu schleudern, wird dir keinen Beifall eintragen und zeigt von keinerlei Verantwortung

Ihn auf das 21. Jahrhundert zu schleudern, ist pure Frivolität und Postmodernismus

Kurzum, niemand wird zum Dichter eines Jahrhunderts, indem er Ziegelsteine wirft

Auch wenn du vor dem Hintergrund der Globalisierung über das Schicksal eines der 500 Top-Unternehmen bestimmst, entgehst du dadurch weder der Kastration bis zur Impotenz noch dem Schicksal, aufgekauft und fusioniert zu werden

Als eine Ziegelsteine schleudernde Katze, als ein alter Kater, vor allem als ein in das Recht der Entjungferung eines gefleckten Kätzchens vernarrter, schamloser Übeltäter, ein intriganter Kater, muss ich meine gesamte Population erneut examinieren

Vor allem, KATZEn, sind da meinen spiralförmigen Degenerationsgene, die nicht wie bei Menschen schlicht in Männlein und Weiblein, Gute und Böse, Winner und Loser, Lebende und Tote, Erigierte und Impotente, Entjungferer und Nicht-Entjungferer, Reiche

und Arme, Mächtige und Frustrierte, Städter und Dörfler eingeteilt und dargestellt werden können

Und anders als Pferde, die sich gruppenweise unter Bezeichnungen wie Hengste, Stuten, Fohlen, Halbblüter, Kaltblüter, Warmblüter, Vollblüter, Rennpferde, Streitrosse, Wildpferde, Ponys, Przewalski-Pferde, Leitpferde und schließlich Schindmähren gruppieren lassen

Katzen sind KATZEn, gefügig, wild, grausam, promiskuitiv, damenhaft, träge, gefühlvoll, schamlos, bösartig, impulsiv, empfindsam, grausam, treffsicher, multitasking, hartnäckig, gierig, falsch

Du siehst, die Chronik einer Katze enthält zahlreiche komplexe Elemente

Und dann, ich muss auch zugeben, ich bin nicht in der Lage, eine ganze Katzenpopulation zu verführen, und kann nicht von einer ganzen Katzenpopulation verführt werden

Die KATZEn bedienen sich meiner speziellen Untaten, um ein Jahrhundert zu erforschen und zu sehen, ob es die Möglichkeit gibt, mit anderen Gattungen Ehebruch zu treiben

Sie verkünden mir in Form einer Hochzeitsnacht den Geheimbefehl, so wie die Menschen mir mit einem Fisch das Maul stopfen und so ihr zivilisiertes Benehmen nach ihren ehebrecherischen Affären aufrechterhalten

Oft denke ich, es ist egal, ob man die gesamte Population verrät oder nicht, weil wir bereits längst die Regeln der Zivilisation, die man begreifen, aber nicht in Worte fassen kann, festgelegt haben, und es sich daher um ein Spiel handelt, dessen Anordnung man unbedingt Folge leistet

Meine ist daher die Hochzeitsnacht einer Katze, die Hochzeitsnacht eines Menschen, eines Pferdes, sogar die Hochzeitsnacht meines gefleckten Kätzchens

Die Hochzeitsnacht Pekings, Roms, Loulans[49], Amazons, Lincolns, Sartres, Konfuzius, Platos, des Newport Beach, CA 982, Hochzeitsnacht der Globalisierung, Nairobis, Bin Ladens und Bushs

Die Hochzeitsnacht meiner selbst

Die Hochzeitsnacht der Hochzeitsnacht

Egal, es ist eh alles Hochzeitsnacht

Als Fall von historischer Bedeutung für eine Katze verläuft meine Hochzeitsnacht nicht übermäßig geregelt und uninteressant

Beispielsweise: Ich knete oft die Pfötchen meines gefleckten Kätzchens als Ersatz für die direkte fleischliche Begattung

Das ist der Orgasmus, das Vorspiel und die Anfeuchtung einer Population

Durch die Anbetung der Füße bewahren wir kühle kulturelle Leidenschaft

Durch Unzucht mit den Füßen vermeiden wir impulsive Verstöße gegen die moralische Zivilisation

Pferdehufe sind zu hart, um Geilheit zu wecken

Menschenfüße sind zu schmutzig, um brauchbar zu sein

Wir, KATZEn, brauchen uns um die Kritik und die Promiskuität von Menschen und Pferden nicht zu kümmern

Wir müssen den Mut haben, nach geübter Unzucht erneut Unzucht zu üben, nach einem Mordkomplott neue Mordkomplotte zu schmieden, nach einer pathologischen Mutation erneut pathologisch zu mutieren, nach einer Entjungferung erneut zu entjungfern, und alles Schritt für Schritt gewissenhaft im Netz zu teilen

Wovor sollen wir Angst haben, es ist doch nur ein 21. Jahrhundert?

Was sollen wir verlieren, es ist doch bloß eine globalisierte Bewegung?

Was zählt das schon, es ist doch nur der Hochzeitsnachtsverlauf einer Katze?

Nun gut, die Kakerlaken schlagen wir einfach tot, was kümmert einen deren Hochzeitsnacht, ganz abgesehen davon liegt uns nicht das Geringste daran, dass unsere Hochzeitsnacht von anderen Leuten nachgeahmt wird

Nun gut, mein geflecktes Kätzchen soll nicht wieder von diesen tollkühnen Kakerlaken, männlich oder weiblich erschreckt werden, ich werde sie eine nach der anderen totschlagen, sie und ihre Hochzeitsnacht

Dalis Bart, van Goghs Ohr, Heideggers Hase, Hemingways Leopard, Zhang Guorongs[50] Hintern, Chen Yongbians[51] Zunge, Lolitas Bauch, all das kümmert mich nicht im Geringsten

Und da ich nun mal zu einem Katzensperma oder anders ausgedrückt zu einem Katzenpenis geworden bin, bleibt mir keine Wahl

Erlauben Sie mir unter diesem Gesichtspunkt noch einmal zu erklären:

Ich bin damit einverstanden, von einer Population sexuell missbraucht zu werden, um im Austausch kollektiven, juristischen, zivilisatorischen und moralischen Schutz zu erhalten und zudem den Schutz einer Hochzeitsnacht

Das heißt, ich habe mich gegen mich getauscht, eine Population gegen eine andere, ein Jahrhundert gegen ein anderes, eine Hochzeitsnacht gegen eine andere

Ein klassischer Tausch, Ware gegen Ware

Ich muss daher im Gegenzug mit allen Kräften das Loblied auf die Ehre und die Eigenart meiner Population singen, und auf saubere Trennung und Wachsamkeit gegenüber menschlichen und Pferdepopulationen bestehen

Stellen wir uns vor: Eine endlose Nacht, tiefe Stille, kein Hauch, eine Population marschiert in Bataillonsformation im Mondlicht, keiner weiß und keiner kann fragen, wohin

Vielleicht gibt es eine Zauberflöte außerhalb des Jahrhunderts, so extrem tückisch und tiefgründig, so extrem wohltönend und melodienreich, dass eine jede Population und auch ich bedingungslos kapitulieren

Ihr Menschen, die ihr auf den Klippen lacht, mit verstopften Ohren euch skrupellos über uns lustig macht, nicht nur über mich, sondern über meine gesamte Population

Wir, das heißt die Verhochzeitsnachteten, sind in diesem Sinne kollektiv Herabsinkende

Erbarmungswürdig, mein geflecktes Kätzchen, wie du gnadenlos in einem grenzenlosen Meer von Speichel und Sperma ertränkt wirst

Ich dagegen werde zu einem Gelee aus Lymphe zusammengepresst, durch körperfremdes Sperma im Reagenzglas befruchtet und anschließend gut verpackt, im Umfang eines Containers über alle Weltmeere verschifft, eine globalisierte Fracht, mit anderen

Worten, ins nächste Jahrhundert transportiert

Schluss damit, selbst wenn es nur eine winzige Eizelle wäre, ich spüre doch eine Süßigkeit und Wärme, wir sind doch alle in der Gebärmutter eines Jahrhunderts und werden doch alle Monat für Monat durch die Menstruation restlos ausgestoßen

Was mich angeht, du wirst in der globalen Kanalisation nicht die geringste Spur und keinerlei Signal von mir entdecken

Das sind Details der Chronik der Katze einer Katze und zugleich Ausdruck der Vorstellungskraft der Katze einer Katze

Auch wenn ich meiner Affektion zu Brüsten Ausdruck verleihe, hat die Katze einer Katze daher nichts Geheimnisvolles oder Pornografisches an sich

Daher sollte es niemanden erstaunen, wenn ich die Brüste einer Population streichle und sie zum Objekt meiner sexuellen Fantasie mache

Daher sollte niemand Ekel zeigen, wenn ich die Lippen einer Population küsse und dabei meinen Samen verspritze

Daher sollte keiner fragen, wenn ich ihre beiden Arme, zart und glatt wie die eines Babys, umschlinge und an ihnen meine Lüste befriedige

Daher sollte keiner in Wallung geraten, wenn ich mich in der Hochzeitsnacht katzenmäßig zu meinem gefleckten Kätzchen verhalte und zwar katzenmäßig bis zur völligen Verausgabung

Eine KATZE ist nun mal eine Katze

Eine Katze ist auch nun mal eine KATZE

Das steht daher außer Frage

Ich habe ein Pferd gesehen, das in seinem Hin und Her zu einem Menschen mutiert und deformiert ist, habe einen Menschen gesehen, der in seinem Auf- und Abhüpfen zu einem Pferdepenis mutiert und deformiert ist, ich dagegen, kann nur mit den Merkmalen einer von einer Population dargestellten KATZE aufwarten

Also, was soll ich noch sagen, vor der Hochzeitsnacht mit meinem gefleckten Kätzchen, also vor der neunten Nacht

Stellt euch vor, wie bedeutungsschwer das Vergewaltigt-Werden mittels der Vergewaltigung einer Schwachen durch eine Population ist, und wie sehr sie es verdient, textkritisch untersucht zu werden

Folglich sehe ich, während ich das Kommen und Gehen der

147 | DIE NEUNTE NACHT
Das Kapitel von der Katze

Menschen und Fahrzeuge vor dem Fenster, das Aufheulen der Sirenen beobachte, einen Kater, der sich mit gemächlichen Katzenschritten seinen Weg bahnt

Gleich wird die neunte Nacht hereinbrechen

11.01.2008, 10:40
Beijing, Büro im Yuanda Office Building

---

49. Loulan, Ruinenstadt im Nordwesten Chinas (Sinkiang), wichtiger Knotenpunkt der Seidenstraße, bis 422 n. Chr. Hauptstadt eines Reiches mit indoeuropäischer Bevölkerung.

50. Zhang Guorong (张国荣 , 1956 – 2003), populärer Hongkonger Schauspieler und Schlagersänger.

51. Siehe Anm. 4. (Schlagersänger)

Neunte Nacht
DER TOD DER KATZE

Angesichts des Todes spricht man die Wahrheit
Bitte glaubt meiner Beschreibung des Getötet-Werdens

Eine endlose Dämmerung, die Dämmerung der tausendfach herbeigerufenen, mit Ungeduld herbeigesehnten neunten Nacht
Die Sonne ist untergegangen, die Lichter leuchten auf, die Menschen beginnen ihre Hüllen abzuwerfen
Ich dagegen, in vollem Ornat, den Penis gereckt, werde mit einem Streich zerhackt, selbst mein Hodensack wird an der Wurzel abgeschnitten
Ein Mordanschlag über die Grenzen des Jahrhunderts, der den der zwei Gewehrkugeln[52] noch übertrifft
Unerklärlich wie sich dieses scharfe Messer aus dem 20. Jahrhundert kommend im 21. Jahrhundert materialisiert und mit einem Streich das Leben vom Tode trennt
Manche Menschen behaupten, es sei ein Mensch auf einem hohen Ross gewesen, unklar ob Mann ob Frau, ein Tigerkopf mit einem Schlangenleib
Manche Katzen behaupten, es sei ein Pferd mit menschlichen Brüsten, mit einer handartigen Klaue als Vorder-, und Flossen als Hinterhufe gewesen, unklar ob mit Gebärmutter oder mit Penis

Die Pferde hingegen behaupten, es sei der Geist einer feistköpfigen, großohrigen, spermienspuckenden Katze gewesen, unklar ob mit geschlossenen Augen meditierend oder die Augen weit aufgerissenen

Wie auch immer, ich wurde ermordet, ich, der Sentimentale und Lüstling eines Jahrhunderts

Sie haben mich in meiner Hochzeitsnacht ermordet, mir die Haut abgezogen, mich bespuckt, auf mich gepisst, geschissen, auf mich ejakuliert, mich in Mösensaft getaucht, im Dunkeln getrocknet, mumifiziert, petrifiziert, poetisiert und entjungfert

Welche Tragik, ich habe schließlich verstanden, dass mich das gefleckte Kätzchen längst entjungfert hat

Wer ist sie, eine Intrigantin, eine Verführerin, eine billige Nutte, eine Spammerin, eine über Nacht reich Gewordene, eine Nymphomanin, eine Orgasmikerin, eine Entjungferin?

Vor allem eine Mörderin, die mich ermordet hat

Der Tod ist mir gleichgültig, vor allem der Tod nach dem Austoben der Wollust, mein Tod ist daher die natürlichste Sache der Welt

Das Jahrhundert bleibt das Jahrhundert, die Globalisierung bleibt die Globalisierung

Das gefleckte Kätzchen bleibt das gefleckte Kätzchen

Hochzeitsnacht bleibt Hochzeitsnacht

Mord bleibt Mord

Dass Chen Shui-bian[53] im Namen eines Jahrhunderts die Todesstrafe vollstreckt, ist kaum zu erklären, vor allem wenn sie in Form des Abschneidens des Penis und seiner Häutung in der Hochzeitsnacht vollzogen wird

Und doch, kann man eine Hochzeitsnacht stoppen, und wer kann es?

Außerdem, wer möchte eine Hochzeitsnacht stoppen?

Darin liegt das Substanzielle des mörderischen Komplotts einer Hochzeitsnacht

Die Zweitfrauen werden häufig nach der Hochzeitsnacht um die Ecke gebracht bzw. die Zweitfrauen setzen nach der Hochzeitsnacht ihre mörderischen Aktionen in Gang

DIE NEUNTE NACHT
Das Kapitel von der Katze

Auch die Huren werden nach der Hochzeitsnacht, die keine Hochzeitsnacht ist, ermordet bzw. werden nach der Nicht-Hochzeitsnacht, die Hochzeitsnacht ist, zu brutalen Mörderinnen

Die Kunde dieser Jahrhundert-Schlächterei dringt zu den heimlichen Liebhabern, den Ehebrechern, den geilen Böcken und mannstollen Weibern, den Schwulen, den Bisexuellen sowie den Hühnern und Enten und sie wetzen die Messer, die Menschen, die Pferde betrachten das Ganze aus sicherer Entfernung und genießen das Schauspiel des erneuten Mordens

Also gut, sterben wir also, ich jedenfalls bin schon längst gestorben

Mein Tod führt dazu, dass ich der Linken zugeschlagen werde, vor allem weil ich allzu aggressiv und kritisch bin

Mein Tod führt dazu, dass ich zum Inhalt von Spam-Nachrichten werde, vor allem weil ich nicht einfach an das Blühen eines Jahrhunderts glaube

Mein Tod führt dazu, dass ich vom gefleckten Kätzchen in die Chronik aufgenommen werde, vor allem weil ich ihre 999. Siegestrophäe bin

Mein Tod führt dazu, dass ich sterbe, na schön, ich erfülle den Wunsch eines Jahrhunderts

Die Frage der Häutung hat mit moralischer Anklage nichts zu tun, nicht einmal die Seele trägt noch Unterwäsche, der Tod des Körpers erfordert keinerlei Respekt

Während wir zusammen mit Mäusen, Heuschrecken, Schlangen, Karnickeln, Hunden auf die Speisekarte gesetzt werden, war die Ermordung unserer Hochzeitsnacht längst auf die Zeit vor Einbruch der Dämmerung festgelegt worden

In Wahrheit weiß ich genau, dass dieser Mensch, dieses Pferd und dieses gefleckte Kätzchen sich längst mit den Regeln meiner Wollust vertraut gemacht haben, daher fiel es ihnen leicht, das Auftreten meiner Sinnenlust zu nutzen, der Mord war daher unausweichlich

Prost, auf mich, auf den, der mich ermordet hat, endlich mich und das Erscheinungsbild einer Population ermordet hat

Lange Nacht, verzaubere weiter durch deinen Glanz

Geflecktes Kätzchen, feiere weiter deine Hochzeitsnacht

Ich werde die Chronik fortführen

11.01.2008, 11:51
Beijing, Büro im Yuanda Office Building

---

52. Am 19.03 2004, dem Tag vor der Präsidentschaftswahl in Taiwan, wurden während einer Wahlveranstaltung auf den Oppositionskandidaten (und späteren Präsidenten) Chen Shui-bian Schüsse abgegeben. Später kursierten Gerüchte, er habe dieses Attentat selbst inszeniert.

53. Siehe Anm. 4 und Anm. 52

Ausklang

Gestern, vor meinem Tode also, befanden sich die Populationen der Menschen, Pferde und Katzen gerade aufgeregt auf dem Weg in ein neues Jahrhundert
    Mundell[54] hat eben seine Euro-Welt vollendet
    Sarkozy hat sich gerade auf seine neue Hochzeitsreise begeben
    Hilary kämpft gerade mit Obama um den Sieg
    Bin Laden montiert gerade seine Autobombe
    Interpol sucht gerade im Internet steckbrieflich einen Pädophilen
    Ein korrupter Funktionärsfreier wird gerade im Bordell vom Polizisten am Gürtel gepackt

    Tschüss, du umtriebiges globalisiertes Jahrhundert
    Tschüss, du farbenfrohe globalisierte Hochzeitsnacht

    Ich, ich möchte einen hohen, eisigen Berg besteigen
    Symbolhaft die Brustwarze eines weiblichen Wesens des Jahrhunderts
    Und von solch einer Brustwarze herab in die Ferne schauen, mein Tod kümmert sich nicht um Gefahr und Begierde[55]
    Ich könnte wie ein Mensch sein, doch bin ich keiner
    Ich könnte wie ein Pferd sein, doch bin ich keines

Ich könnte wie eine Katze sein, doch bin ich keine
Ich könnte sterben, doch sterbe ich nicht

Und so spreche ich, da ich nun bereits eine tote Katze bin, doch über Empfindungen
Zum Beispiel, dass dieses Zeitalter letztlich doch gar nicht so übel ist
Niemand, weder Mensch, noch Pferd, noch Katze kann restlos im Schlamm versinken
Das gefleckte Kätzchen hegt mir gegenüber keine ernsthaften Mordabsichten
Sie hat gesagt, niemand darf ihre Hochzeitsnacht betreten
Wir tragen Verantwortung gegenüber einem Menschen und müssen, ob wir wollen oder nicht, ihn über Vor- und Nachteile aufklären
Wir tragen Verantwortung gegenüber einem Pferd und müssen, ob wir wollen oder nicht, den Gürtel enger schnallen
Wir tragen Verantwortung gegenüber einer Population und müssen, ob wir wollen oder nicht, als Erste in Tränen ausbrechen
Wir tragen Verantwortung gegenüber einem Jahrhundert und müssen uns, ob wir wollen oder nicht, in Sack und Asche werfen

Am Ende werde ich dennoch sterben, das ist vermutlich die verantwortungsvollste Haltung mir gegenüber
Wahrscheinlich ein Exzess von Ausschweifung, von Mordlust, von Wahnsinn, von Verleumdung, von Schamlosigkeit, von Zivilisiertheit, von Masochismus

Am Ende bin ich wegen eines verlorenen Pelzes nicht nachtragend
Weil der wahrhafte Mörder schließlich die Szene betritt, weil er den Mäusepimmel als Lanze benutzt, mich sanft in die Höhe hebt und aus großer Entfernung in den Abort schleudert, um daraufhin meinen Pelz meinem gefleckten Kätzchen um den Hals zu legen und ihr damit zur geglückten Kooperation zu gratulieren
Anschließend folgt er der Aufforderung und betritt die Hochzeitsnacht des gefleckten Kätzchens

DIE NEUNTE NACHT
Das Kapitel von der Katze

Diese neunte Nacht ist ein wenig erfüllt von Hingabe, Sex, Geschrei und schließlich von Blut
Was darauf folgt, ist die Geschichte der Hochzeitsnacht einer Katze und die Chronik ihres Todes

11.01.2008, 18:10
Beijing, Bishui

---

54. Robert A. Mundell (*1932), kanadischer Ökonom, erhielt 1999 den Nobelpreis für Wirtschaftswissenschaften.

55. Siehe Anm. 6.

Nachwort

*I*ch bin ein Steinewerfer.

Ich werfe einen Stein nach dem Jahrhundert, ich werfe einen Steinbrocken nach vielen Menschen, mich selbst eingeschlossen.

Die rasche Zunahme des materiellen Reichtums im neuen Jahrhundert erfüllt mich mit Erregung und ich habe direkt davon profitiert. Aber ich bemerke, wie die Menschen von den USA bis Japan und China angesichts des Reichtums die Balance verlieren. Die Vorteile der Globalisierung lässt die Menschheit gedeihen wie nie zuvor. Doch darf man die dadurch geschaffenen Schwierigkeiten nicht übersehen: die wachsende Schere zwischen Reichtum und Armut, Ressourcen-Verschwendung, kulturelle Aggression, Hegemonismus, religiöse Konfrontation. Insgesamt ist eine moralische Regression der Menschheit zu beobachten. Sexualität, Werte wie Liebe, Treue, Freundschaft, Toleranz werden sämtlich durch den Kampf um Vorteile verschüttet. Man kann im Rückblick nur Tränen vergießen, im glanzvollen 20. Jahrhundert erlebte die Menschheit riesiges Morden und zwei Weltkriege. Auf dem Gipfelpunkt der Zivilisation des 21. Jahrhunderts verfällt die öffentliche Moral zusehends: Rauschgift, Gewalttat, Prostitution, Betrug, alle Arten von Untaten. Sexualität wird zu einem handelbaren gesellschaftlichen Instrument und Symbol der Position. In einem Jahrhundert, in dem Sexualität nicht respektiert wird, entsteht notwendig gesellschaftliche Unruhe. In einer Welt, die von Materialismus getrieben wird, verlieren die Menschen ein moralisch basiertes Verantwortungsgefühl. Wir verlangen Gerechtigkeit und Fairness und ein starken Schutz verleihendes Rechtssystem. Aber die geistigen Qualitäten von Anstand und Toleranz, Harmonie und gegenseitigem Respekt befinden sich in täglichem Verfall.

Daher muss jemand mit Steinen werfen.

Zunächst einmal auf mich selbst. Intellektuelle haben selten das Gewissen und den Mut zur Selbstkritik. Die Enthüllung der dunklen Seiten der eigenen Seele ist in Wahrheit ein großer Schritt in Richtung Moral und Anstand. Mit der Kraft der Poesie die eigene Seele zu sezieren, soll die Kraft der Erschütterung hervorrufen. Die konsequente Verwendung einer „Schlamm"-Sprache, um den „Schlamm" auszutrocknen, einen Spiegel des wirklichen Lebens, die Menschen zu zwingen, sich ins Gesicht zu sehen, all das macht den Reiz von Kritik aus.

Ja, wenn absolut kein Mensch Steine wirft, wird es umso notwendiger, dass es jemand tut. Wahre Worte tun den Ohren weh, wirksame Medizin ist bitter.

Moderne Lyrik, vor allem Lyrik aus Europa und den USA, legt hauptsächlich Wert auf Technik und handwerkliche Perfektion, geeignet zum Spielen, aber zugleich passend zur Atmosphäre eines materialistischen Zeitalters. Europa, Nordamerika und Japan sind führend im Voranschreiten der Urbanisierung und Globalisierung und verfügen über eine gefestigte gesellschaftliche Struktur. Den Dichtern bleiben nur Erotik und Sentimentalität, Selbstmitleid und Narzissmus. Das ist der Grund, warum ich an „das wüste Land" und „Howl" erinnere.

Das Raffinement von Dichtung gehört zum erlernbaren Handwerk. Aber es ist fraglich, ob es auf die Großwetterlage, die Stoßkraft, die Stärkung der Wahrheit Einfluss hat. Historisch haben allzu abwägende und unklare Haltung in allen Ländern der Lyrik Schaden zugefügt. Ein Gedicht sollte deshalb auf nichts Rücksicht nehmen, kein Blatt vor den Mund nehmen, sich nicht in Kleinigkeiten verlieren. Es sollte eine erkennbare Absicht und eine klare künstlerische Position haben. Hier handelt es sich um Haltung von Autoren.

Abwärts schreiben heißt, den Schrecken der Hölle beschreiben, die Qualen des Schmorens in der Hölle. Nach innen schreiben heißt, die innere Spaltung beschreiben, das Wesen des Menschen. Die schlimmsten, schwärzesten Seiten des Menschlichen zeigen, um die normalen Leute zu warnen. Oder um über sich nachzudenken und sich zu kontrollieren.

Wildgänse hinterlassen Federn, Menschen Stimmen. In einem lebenssprühenden neuen Jahrhundert darf man nicht nur die schönen Seiten der Geschichte und das Blühen und Gedeihen zeigen. Man muss auf Mängel und die dunklen Seiten hinweisen, auch das zählt zu dem, was man an die Nachkommen als gedankliche Erinnerung weitergibt.

Kraut und Rüben, jeder reitet sein Steckenpferd. Du liebst dein Gedeihen, deinen Glanz, ich meinerseits schreibe über Armut und Niedertracht, jedem das Seine.

Die Welt ist so groß, sie kann nicht in neun Nächten ausgeschritten werden. Menschen kommen und gehen, aber man möchte nicht alles nachplappern. Falls dieses Gedicht dem Leser den Schweiß hervortreibt, ihn dazu bringt, um sich zu treten und zu fluchen oder einfach zu kotzen, dann wäre es wahrhaftig das Werk eines nicht nutzlos verbrachten Jahres des Wahnsinns.

Dennoch muss ich zugeben, wenn ich mein Gedicht durchlese, wird mir angst und bange. Als sei es ein von mir nicht kontrollierbares Ungeheuer, das einmal losgelassen, mich verschlingt, sodass ich nach Fertigstellung des Kapitels über das Pferd mich gedrängt fühlte, noch ein Katzen-Kapitel hinzuzufügen. Das gleiche Thema, die gleiche gedankliche Stimmung, aber ein wenig milder, ein klein weniger kultivierter, um die Extreme und Verrücktheiten auszugleichen. Die Art zu schreiben war keineswegs von Anfang an geplant, aber sie hat ihren hohen Reiz und hat mir Vergnügen bereitet. Wenn man es bedenkt, bin ich tatsächlich ein Barbar am Tor der Lyrik. Ich habe keine Lust, meine Karten nach den allgemein festgelegten Regeln auszuspielen, und ich habe keine Lust, nach den allgemein festgelegten Prinzipien der Poesie sogenannte Werke zu schaffen. Tut mir leid, das zu sagen, aber das ist die Spielerei von Sprach-Handwerkern und das Geschäft meiner übertrieben narzisstischen und masochistischen Kollegen, die das tun wollen und tun. Der Vorteil von Unkultiviertheit ist, dass man im eigenen Verständnis von Lyrik und der schöpferischen

Arbeit neue Auswege finden kann. Die neue Lyrik Chinas, sogar die gesamte zeitgenössische Weltlyrik, steckt in der Sackgasse, sich in nebensächliche Details zu verlieren und Wortklauberei zu betreiben. Liest man die Gedichte von hundert Personen und streicht die Namen der Verfasser, wird man niemanden wiedererkennen. Beurteilen Sie selbst, ob diese Art des lyrischen Schaffens nicht vor dem Absterben steht.

    Wie auch immer, erst mal niederschreiben und dann weitersehen. Ich muss noch etwas klarstellen: mein Horizont ist die Welt und nicht Unzufriedenheit mit den realen Zuständen Chinas. Im Gegenteil, ich bin unmittelbarer Nutznießer der schwer errungenen Prosperität Chinas. Ich danke diesem Zeitalter, aber ich wünsche es mir doch noch etwas besser. Daher betone ich als Unternehmer die soziale, bürgerliche Verantwortung von noch mehr Unternehmen. Als Dichter betone ich die intellektuelle Verantwortung der Dichter. Damit möchte ich vorbeugend davor warnen, mich politisch als „geistigen Verschmutzer", antisoziales oder antihumanistisches Element zu denunzieren. Sollte das geschehen, würde ich es vorziehen, „Die neunte Nacht" Blatt für Blatt zu verbrennen.

    Meinen tief empfundenen Salut an das blühende neue Jahrhundert!

    Meine ehrliche Hoffnung auf noch besseres Gedeihen eines blühenden neuen Jahrhunderts!

12.01.2008, 09:13
Beijing, Bishui